和算の道を切り拓いた男

和算の大家　関孝和の生涯
——算学研究の成果をまとめ幕臣となるの記

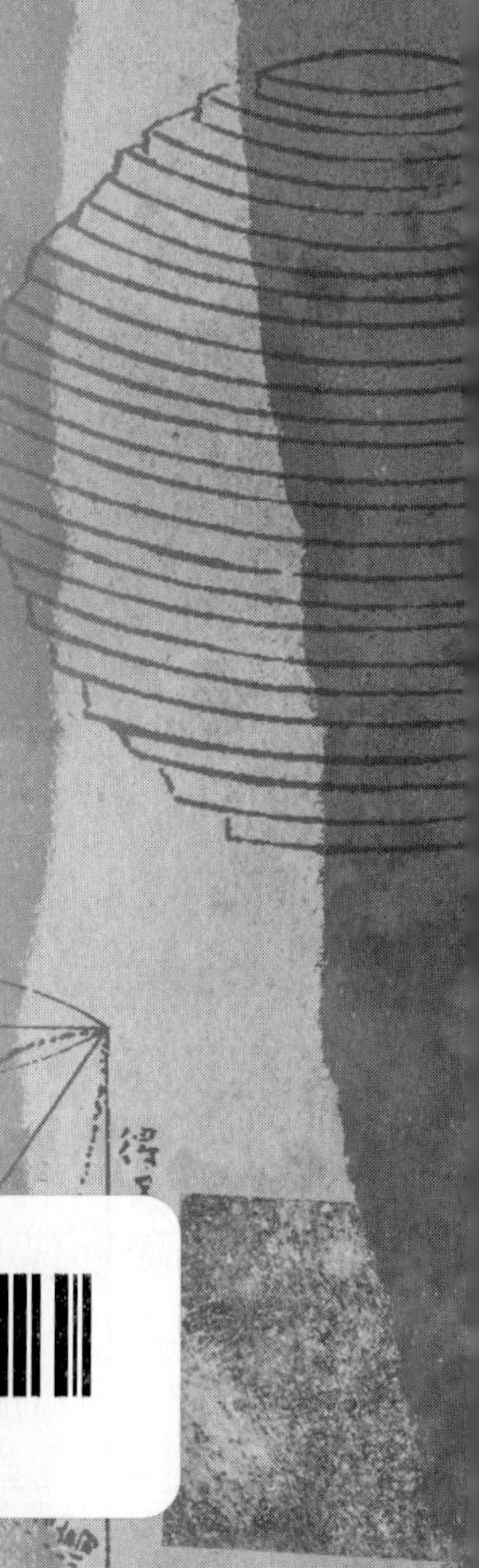

心身進化
Kokoromi Shinka

文芸社

【今までのあらすじ】

〈第一巻　生い立ちと旅立ちの記〉

関孝和《せきたかかず》は、江戸時代初期において鎖国政策がとられ、科学技術の発達していない時代に和算という日本における新しい分野の学問の礎《いしずえ》を、ほとんど自立に近い形で自らの生命《いのち》を賭《と》し燃焼させて築き上げた男である。第一巻では彼の青年前期までのところを書き記す。

孝和（通称新助）は、御家人の内山永明《ながあきら》と安藤対馬守《つしまのかみ》家臣の湯浅与左衛門の女《むすめ》の二男として誕生する。永明は、上野《こうずけ》藤岡の地で大御番《おおごばん》に執り立てられ出仕していたが、彼の養父吉明《よしあきら》の立てた戦功を申し出て幕府徳川家の御天守番《ごてんしゅばん》に御下命される。寛永十六（一六三九）年に、その養父母と長男永貞《ながさだ》、二男孝和を伴って永明一家がその藤岡から江戸に上京し移り住む。江戸で三男永行《ながゆき》、四男永章《ながよし》が生まれ、祖父母と永明夫婦、子供四人の三世代から成る八人の大家族となった。が、正保三（一六四六）年五月二日、永明が流行病《はやりやまい》で突然亡くなり、その一週間後に妻も同じ病で亡くなり、一家の大黒柱たる両腕をもぎ取られ、内山家は天国から地獄へと奈落の底に突き落とされる。長男永貞は、御家断絶を免れるため跡目相続をし、二男孝和は、勘定方の関五郎左衛門の養嗣子になる。

孝和は初めは関家の暮らしに馴染めなかったが、五郎左衛門夫婦の彼への温かい思いやりと対応によって次第に心がほぐされていく。さらに、養父五郎左衛門は、彼の将来を見越して人の上に立つ武士として身につけるべき教養として「読み・書き・そろばん」などを習わせる。その中で、特に「そろばん」の「八算《はっさん》・見一《けんいち》」の基礎基本を学んでから算術に興味関心を抱いて好きになり、彼の眠っていた潜在的な優秀な能力が開花されていく。

そろばんは、徳川幕府が安定し泰平の世になってくるにつれて産業や経済にも取り入れられ盛んになっていき、その果たすべき役割は重要性を増していく。

そうした時代、孝和の祖父吉明と今は亡き父永明が駿河大納言徳川忠長に仕えた頃、その土地の豪商松木新左衛門と駿河の地で親交を結ぶことになる。

その縁が元となって、孝和の優秀な才能に目をつけた松木新左衛門が、江戸に商いで出てきた時、内山家や関家にたまに立ち寄った際、それとなく孝和に駿府の地で学問をと持ちかけると、孝和も思いもしなかったその誘いに関心を示し、家族会議を開いた結果、実現することになる。

孝和は旅立ちの準備をする。そして、成人して一人前の武士と認められる十五歳の元服の儀式が執り行われた後、松木家の手代庄蔵に導かれて、江戸を発ち東海道を下って駿府の地に赴いたのだった。

〈第二巻　学問修業と仕官の道への記〉

十五歳の元服の儀式後、孝和は学問（算学）修業のため、駿府の地、豪商松木新左衛門邸に赴く。松木家に温かく迎え入れられた孝和は、家族同然の暮らしをしながら食客《しょっかく》として算学の勉学に勤しむ。商家の暮らしをつぶさに見て学び次第に馴染むと共に、時折暮らしに変化をもたらすため、自然豊かな駿府の景勝地、浅間社や梅ヶ島温泉などに連れて行ってもらって有意義に過ごし、見聞を広める。松木家の土蔵の書庫蔵には、算学などの蔵書がたくさんあり、そこに足を運んでそれらを読んで理解を深め、力をつけていく。さらに、新左衛門は最新刊の算書を手に入れ、それを孝和に紹介して算学の勉強を促す。また松木家は街道筋にあり、多くの往来客が訪れ、新左衛門と親交のある三島の暦師嶋田貞継が立ち寄ると孝和に逢わせ、天文暦学を学ぶ機会を与えるなどする。

孝和は、一年の約束で駿府の松木家へ行ったが、再び江戸に戻ってくる。が、孝和にとってやっと算学の途に就いたばかりで、これからも松木家の恵まれた算学環境の下で引き続き勉強したいという思いがさらに強く募ってくる。そこで、自分の思いを実現させるため親を何とか説き伏せて再び駿府の地に赴くことになる。

駿府で暮らしている明暦三（一六五七）年、〝明暦の大火〟があり、江戸は焦土と化し、身内の関家や親族の者がどうなったかと気を揉《も》むが、無事であることを知って安堵する。

この頃、世は算書の出版が活発になってきて、問題と解答の応酬が繰り広げられる遺題継承が流行《はや》っていき、同様に神社仏閣にある算額奉納も然りだった。すると、遺題も方程式の解を求める問題が多くなる。それを解く方法は、中国の算書『算学啓蒙』などに載っていて、そこには、「天元術」という算木（計算棒）を算盤（布や紙など）の上に並べて方程式を立てて解く方法が書かれている。孝和は、その『算学啓蒙』を読んで「天元術」の理解に努める。そして、その天元術の理解と並行させながら、さらにそれらを使って磯村吉徳の『算法闕疑抄《さんぽうけつぎしょう》』などの遺題の難問を解いていき、その理解を一層深め算学の力をつけていくのである。

寛文元（一六六一）年、徳川綱重は二十五万石を領し甲府藩主となる。この年、孝和は養父五郎左衛門から江戸に戻ってくるよう促され帰ってくる。甲府藩の所領の加増により勘定衆の仕事量も多くなり、その増員が見込まれることから五郎左衛門は孝和を江戸に呼び寄せる。この養父の思惑が当たって孝和は勘定衆見習いに執り立てられる。するとこれまで駿府で培った算学の力が生かされ、勘定衆の御用にもすぐ馴染み、日々真面目にかつ着実に取り組んで周囲からも信頼を得る。

ところが寛文五（一六六五）年、養父五郎左衛門が自宅で突然、卒中で倒れて亡くなる。しかし、養父のこれまでの目立たぬが真面目な仕事ぶりが評価され、孝和も勘定衆に執り立てられ、仕官がかなったのである。

〈第三巻『発微算法』の刊行と妻を娶るの記〉

孝和は、義父関五郎左衛門が死去し勘定衆見習いから勘定衆になる。が、暮らしは相変わらず苦しい。孝和は義母ふみの齢を考え少しでも彼女の負担を軽減できないか、すなわち下女を置くことができないかと考える。そこに、孝和の勘定衆の指導役である高木儀エ門から彼の息子の算術指導の依頼を受けて了承する。その上《あ》がりで下女を置くことを決めて探す。牛込近くに旦那を亡くした後家《ごけ》がいて、性格も良く賢い上、義母ふみも納得して依頼して置いた。

一方、算学のほうは天元術の解明に悪戦苦闘する。天元術は中国から伝わってきた代数学で、算盤上に算木を並べて方程式を作って計算する方法である。そこでは「天元の一を立てて、何々をなす」の〝天元の一〟を理解するのが難しく、それが方程式の求める未知数 x に相当し、それを立てて計算することを理解し、天元術と名付けられたのである。

それは、それらのことを記述してある中国の算書『楊輝算法』を探し求めてやっと奈良にあることをつきとめる。そして、藩に休みを申し出て了承を得て奈良に赴き、その本を書写する。その本には算盤上で算木を用いて方程式を解く方法が記され、併せて数字係数の一元の高次方程式の解法も含まれていた。しかし、この天元術では未知数が一つの数字係数の方程式は扱えるものの、文字係数の場合は考えられてなく、そこで孝和が考案したのが算木・算盤を使わずに紙の上に記録し方程式を文字式で書きながら答えを求める方法、すなわち「傍書法」である。

沢口一之著『古今算法記』の遺題十五問はいずれも未知数が複数ある難問で、天元術の算盤上に算木を並べて計算する方法では解答を得ることができない。そこで孝和はこの傍書法と計算方法を工夫し、つまり複数ある未知数を一つずつ消去して減らしていき、最後未知数が一つの一元の高次方程式まで導き、それを解いて答えを得るいわゆる演段術を発明した。孝和はこの方法で遺題十五問をすべて解き、これを延宝二（一六七四）年十二月『発微算法』として出版した。この本は紙の上に記録する代数への転換で、和算を算術から算学へと押し上げ、のち一大発展につながるものだった。

延宝四（一六七六）年仲秋（八月）に、若い建部賢明と賢弘の兄弟が関邸を訪れ、孝和に弟子入りを懇願する。二人は算術を一所懸命勉強し、そろばんで解く種類の問題はほぼ解けるまでになったが、それ以上の難しい問題は分からず、志を立てて孝和の下《もと》で学ぼうと訪れた。その時、孝和は八百年以上続く宣明暦のもとで作られた頒暦が不備な点が多くなり、改暦の必要が出てきたため授時暦の研究を行っていた。この天文暦学に算学を応用するには膨大な天体観測と計算を行う必要があり、それには体力や気力、それに緻密な頭脳を持った若者の力が必要と考え、二人の熱意と若さをかって弟子入りを認める。孝和は彼ら二人を勘定衆見習いに執り立て、孝和のそばで改暦作業の御用をさせた。

延宝六（一六七八）年九月十四日。甲府藩主徳川綱重が病没した。後継者は、一旦養子にやられた虎松の新見左近が世子徳川綱豊となって藩主となる。十七歳の若い綱豊が藩主となって孝和の人生にも転機が訪れる。孝和は勘定吟味役に命じられ、百石への加増を申し渡される。その時、綱豊から妻帯のことを聞かれ、「まだ独り者だ」と答えると殿から「良い人を世話して進ぜよう」と言われ、素直に受け入れる。孝和の昇進に従って番町に新しい屋敷も与えられ、殿が嫁を探し、夫婦が暮らす新居まであてがわれた。その時、用人として久留重種を迎える。延宝七（一六七九）年一月二十六日の大安の日に盛大な祝言をあげ、孝和が四十一歳、幸恵が二十歳の娘のような若い娘を妻に迎えた。孝和は藩主から改暦事業が申し渡されてから賢弘を中心に天体観測と暦算をして日々記録を取りその集積が大事だった。天体運行に必要な計算法として招差法というのがある。中国の元《げん》の郭守敬が授時暦を作る時に使った計算法で、これは x の関数yにおいて、x のn個の値に対してyのn個の値が与えられた時、yを x の(n－1)次式で表す方法であり、これが天体(日、月、五惑星)の運行についての必要な計算となる。孝和はそれを解明する一歩手前まで来ていた。

天和元(一六八一)年、松田正則著『算法入門』が刊行され、孝和の『発微算法』に示した『古今算法記』の遺題十五問の解答の多くが間違えていると攻撃・非難される。そこでは『算法入門』に対する反論は直接せず、そこに示されている『数学乗除往来』の遺題四十九問の解答を訂正する形で間接的に反論した。それを、賢弘が天和三(一六八三)年九月に『研幾算法』として刊行し世に出した。

天和二(一六八二)年三月二十九日。義母ふみが老衰で死去。牛込浄輪寺に埋葬。享年七十七。

【登場人物】

関孝和《せきたかかず》……通称新助。長じて甲府宰相綱重とその子綱豊（家宣）に仕え、勘定吟味役《かんじょうぎんみやく》となった。綱豊が六代将軍になったので、彼も幕府直属の武士となり、御納戸組頭《おなんどくみがしら》となり、後に小普請組に入る。彼は傍書法《ぼうしょほう》を発明して天元術を一歩進め、天元演段法を樹立して独自の筆算法を編み出したほかベルヌーイ数、行列式の発見など江戸時代の日本の数学を大いに発展させた。『発微算法』を著す。

幸恵《さちえ》……孝和の妻。

せつ……関家の下女。

久留重種《くるしげたね》……関家の用人《ようにん》。

松木新左衛門……駿府の豪商で三代目松木宗今（新斎ともいう）。二代目松木宗清が、孝和の祖父内山吉明と父永明が駿河大納言忠長に仕えた時、親交を結び、その命を受けた三代目が孝和を駿府の地で学問をと誘って実現させる。孝和は食客《しょっかく》として松木家で学問修業をする。五代目松木新左衛門とその弟郷蔵が根本中堂の造営に携わる。

内山永行《ながゆき》……孝和の弟で号を松軒といい、医業に携わる。息子新七郎は孝和の養子となる。

安井算哲《やすいさんてつ》……幕府の碁所《ごどころ》安井算哲の実子、幼名六蔵、父の名を継いで算哲を名乗り碁所に出仕したが、後に天文をもって一家を成した。晩年、渋川春海《しゅんかい》と改める。貞享元年、宣明暦を改めて授時暦をもととした新暦（貞享暦）を作った。

建部賢明《たけべかたあきら》……幕府右筆《ゆうひつ》建部直恒《なおつね》の二男。孝和の門下生で、賢弘と共に『大成算経《たいせいさんけい》』全二十巻を完成させる。

建部賢弘《かたひろ》……賢明の弟。孝和の門下生で、若い時から秀才の誉高く、『研幾算法』や『発微算法演段諺解《えんだんげんかい》』『不休綴術《ふきゅうてつじゅつ》』などを著す。後に八代将軍徳川吉宗に天体暦理をもって仕え、信頼を得る。

山口直矩《なおのり》……桜田屋敷の甲府藩家老。

三滝《みたき》四郎右衛門郡智《ぐんち》……甲府藩勘定衆。

三俣《みまた》八左衛門久長《ひさなが》……甲府藩勘定衆。

多恵《たえ》……孝和の長女。

千夏……孝和の次女。

建部賢充《かたみつ》……幕府右筆建部直恒の四男。神職となる。のち賢明の養子となる。

戸田加兵衛《かへえ》……甲府城の村支配の代官。

萩原源四郎《はぎわらげんしろう》……甲府城の百姓代表の村役人である名主。

河西慎之輔《かわにししんのすけ》……甲府城名主の補佐役である組頭（長百姓《おさ》）。

荒木村英《あらきむらひで》……孝和と親交がある。江戸南鍋町に算術塾を開き好評を博す。孝和の遺稿の『括要算法』を刊行する。

新井白石《あらいはくせき》……江戸中期の学者でまた政治家。木下順庵の門で朱子学を学ぶ。初め土屋家に、その後堀田家に仕えたが没落し、のち甲府の徳川綱豊の儒臣となり、宝永六（一七〇九）年、家宣が将軍（六代）になると、側用人間部詮房と共に近侍して幕政の補佐に当たった。家宣の死後は、間部と共に幼君家継（七代）を補佐した。『読史余論』や『西洋紀聞』など著す。

間部詮房《まなべあきふさ》……将軍家宣・家継の側用人。上野（群馬県）高崎藩主。甲府の徳川綱豊（家宣）の家臣西田喜兵衛清定の子。貞享元（一六八四）年、綱豊の近習に召し出され寵愛を受ける。その後、白石と共に家宣に重用され補佐する。

紀伊国屋文左衛門《きのくにやぶんざえもん》……江戸時代初期・中期の豪商。紀州熊野の出身。江戸に出て材木商を営み富を築いたが、さらに紀州みかんの出荷にも成功し一躍江戸随一の大分限となる。

矢沢道玄……………………蘭方医。

内山永章《ながよし》……………………内山永明の四男で孝和の弟。甲府藩の勘定役。

和算の道を切り拓いた男　――目次

第十五章　貞享期の検地を行う　――長女の誕生

（一）

天和三（一六八三）年、賢弘は師孝和の指導の下とはいえ『研幾算法』を出版したことにより、算学の力を一層つけると同時に自信をもつけた。

それからというのは、賢弘はさらに慌ただしい日々を過ごすことになる。御用では、天体観測と天体運行に関する理法の解明に精力を注いで、より正確な暦の作成に勤しんだ。一方、私用では、師孝和の著書『発微算法』の天元術に関する解法を多くの算者が誤解していたので、それらを解消するため、彼らに理解できるようより分かりやすく解説を施して『発微算法演段諺解』の著述に精を出していた。そこに、さらにこの『大成算経』をまとめるという荷の重い仕事が新たに加わり大変となった。

それでも、彼は何とか少ない時間をやり繰りして少しずつ推し進めていった。つまり、これらの仕事はどれ一つとっても一筋縄ではいかない難問ばかりであるが、それでも賢弘は何とか果敢に挑戦してその解決に向けて頑張って推し進めていったのである。彼の持ち前の負けん気と若さに任せて寸暇を惜しんで挑み続けたのである。その精神力たるや並大抵なものではなかった。それも猪突猛進してであった。それゆえ、これができたのは、疲れを知らぬ若さゆえであったのは言うまでもない。

またこの天和三年は、天候不順による不作続きで全国から飢民数万などと悲愴な報告が江戸に寄せられ、世はこれまでにも増して大不況に陥っていた。甲府藩も例外ではなかった。それに対し、二年前（天和元年）に大老職に就いた堀田正俊はこれといった効果的な手を打つことはなかった。そこで、彼があえて執った政治姿勢というのは、〝自然現象で天意の前には仕方なく慎む〟という緊縮政策だった。その中で具体的に幕府が執った策というのは、天和三年二月二十四日に庶民に対し衣服制限令を出したことと、その後、十月十三日に幕府諸藩士に対し衣服美麗を戒める令を出したことだけだった。

しかし、それだけでは済まなかった。そこに思いも寄らぬ余波が襲ってくる。堀田の執った〝緊縮政策〟は、やがて江戸城そのものにも及んできて貧窮に陥れてしまったのだ。城中で働く者たちにも俸禄を支給することができなくなる可能性すら出てきたからである。つまり、権力者である将軍綱吉や堀田らは、自分たちの無策を棚に上げ、幕府諸士に対し禄の支給不能などという予期せぬ事態を引き起こし、自分たちの暗愚ぶりを赤裸々に露呈してしまったのだ。まさに幕政の末期症状を呈する有様だったのである。

幕府がこれといった手立てを打たない中、遅いけれど、翌年一月（睦月）（この年の二月二十一日に改元され、貞享となる）下旬、甲府藩主綱豊は藩としてこの不況をどう乗り越えるか手を打って出た。

綱豊は、桜田の屋敷の藩主の居間に勘定吟味役の孝和を呼び出した。

そこに、初めて見る小姓と二人で現れた。

孝和は藩主に平伏した後、小姓に視線を向けた。容姿端麗の小姓で、つい見惚れてしまいうっとりしてしまった。綱豊のお気に入りの小姓なのだろう、すぐ紹介した。

「今年から執り立てた小姓だ。藩の家臣の西田喜兵衛清定の息子で、間部詮房《まなべあきふさ》と名を改めさせ、歳は十八だ。幼少の頃、猿楽師喜多七太夫の弟子となり、そこで修行したので舞が見事だぞ。そのうちに見せて進ぜよう」

「ははは一っ、ありがたきお言葉恐縮至極に存じます」

孝和は平伏して応える。

詮房もきちんと両手をつきお辞儀をした。

孝和は、戦国の頃から、小姓から要職に出世する事例が多いことを知っていたので、必要以上に丁寧に礼を返した。彼は終始無言だったが、目の輝きから非凡な才能の持ち主であることを察知した。

綱豊は、「さて」と言って話を切り出した。算哲の動静が気がかりなのか、聞いてきた。

「孝和、京における算哲の動静について情報が入っておるか?」

「私の下には、まだ残念ながら京に行った算哲殿の言動についての情報は入ってきておりません」

「そうか……」

綱豊は、宣明暦が八百年以上も続いており、改暦の行方がどうなるのか気になるのだろう、知りたがっているようだった。綱豊は、日頃から茶坊主らを手なずけていて、諸侯が登城した時の極秘の情報などが正式に伝わる前に入手していた。そんなことを聞くのは、眼前にいる孝和にその改暦の儀を成し遂げて欲しいと期待しているところがあるのか、と勘ぐってしまった。

そこで、綱豊は、「ところで」と言って話題を変える。

「孝和、お主《ぬし》をここに呼んだのは、貴殿に頼みたいことがあってのことだ」

「ははは一っ……」

と恐縮して、孝和は平伏してその頼み事を聞く。

「藩主として領国の政《まつりごと》が満足にできないのは大変恥ずべきことだ。今、国元で年貢の執り立てで訴訟が起こっているが、そこは近年、新田開発を行った土地ばかりだ。先年、そちと共に領内を検分した際、随分複雑に入り組んだ土地が多く厄介だと感じたが、その時の検地の不正や不公平感によってもたらされた結果ではないかと考えている。そこでそちが行って、再度厳正なる検地を行って欲しいのだ」

「承知仕《つかまつ》りました。殿の命に応えられるよう全身全霊で務めさせていただきます」

「寛文十二（一六七二）年、農民の逃散《ちょうさん》・強訴が起き、翌年その農民が桜田邸まで押し寄せてきたというのは、藩としてまことに失態であり、あってはならぬことで大変遺憾なことだ。二度とそのようなことが起こってはならぬゆえ、寛文期の検地のやり直しを行うということだ」

綱豊は、孝和に寛文期の検地のやり直しを命じた。つまり貞享期の検地の担当役人に指命したのだ。

孝和は、綱豊の御前を下がって家老の山口の下にその御下命を伝えるため、その足ですぐ家老部屋へ足を運んだ。が、行ったものの、山口は不在だった。

最近、家老の山口の姿を見かけないので心配していた。殿からの検地のやり直しの御下命なので、そこに連れ立って同伴する者の相談を仰ごうと思っていたのだ。

家老が不在なので勘定組頭の所へ行き、その理由を聞くと、「大病で臥《ふ》せっていて休んでおる」と聞かされた。その際、殿からの御下命を伝えようかと思ったが、事実上の上司である家老を差し置くことはできないと思い直し、伝えるのをやめた。

その日の御用は、孝和には珍しいことだが、

「野暮用ができたのであとは頼む！」

と賢弘に伝えていつもより早く勘定部屋を出た。

幸恵は、夫がいつもより早く帰ってきたので驚く。

「お帰りなさいませ。今日はお早いお帰りですが何かあったのですか？」

「あー、あった。その件は後で話そう」

と言って、普段着に着替えた。

夕餉の時、幸恵に話した。

「実は、今日殿に呼ばれ、甲州の検地のやり直しという大変な御用の御下命を承った。責任の重い御用であり、そのため近々甲州へ出かけ家を長らく空けることになる。で、幸恵にはこれから寂しい思いをさせ、また家のことで一層負担をかけることになって済まぬが、留守中は頼んだぞ！」

「承知しました。家のことはご心配なさらず御用に精進され、身体にはくれぐれも気を付けてくださいませ」

その時、幸恵は夫に初めて嬉しい知らせを伝えようとしていた。幸恵はいつ知らせようかとその時期をねらっていた。この機会が丁度いいと思っておもむろに孝和に打ち明ける。

「実は、ここのところ月のものがないので身籠《ご》もったと思います」

「えっ、子供ができた⁉」

思いも寄らぬことを幸恵から打ち明けられ、孝和は嬉しさが込み上げ驚きを通り越し、甲高い声を発する。孝和はかねがね待ち望んでいた子供ができたと明かされ、何と言ったらいいか嬉しいあまり適当な言葉が見つからなかった。が、

「いつ生まれるんだ！」

「七〜八月ぐらいでしょうか？」

「それは楽しみだ。生まれたら、わしにとって初めての血を分けた子だな。その頃は、恐らく検地が済むかどうかの時期ではなかろうか？　とにかく、生まれたらすぐ知ら

せてくれ！」

孝和は、珍しく心がふわふわし浮かれた気分になった。こんな気分になったのは、人生で初めてではなかろうか。早く生まれてこないか、と気が急《せ》くほどだったのである。

夕餉後、自室に戻っても幸恵の言った言葉が頭から離れない。

今日、早く御用を切り上げてきたのには理由《わけ》があった。家老の山口が病んで休職しているので、殿の検地見直しの命を受けた旨を認《したた》めるためだった。そこでは、勘定衆の三滝と三俣を伴って手伝ってもらうことと、併せて自らの関係部署の理解と協力が得られるよう調整するなど、勘定組頭に指示して欲しいと認めたのだ。

その書状は翌朝、家老宅に届けるよう用人の久留を使って持っていかせた。

家老の山口から返信が届いたのはそれから四日後だった。内容は、勘定組頭にもその旨を伝え指示しておくから二人でよく相談して決めてくれ、というものだった。

一週間後の二月（如月《きさらぎ》）上旬、出仕後勘定組頭から呼ばれた。

「山口殿から書状をもらった。殿から検地見直しの御下命を承ったとのことだが、今日はその件で貴殿と相談したい。で、そのための貴殿の意向などを伺いたい」

「御多用中のところ、検地見直しの時間をわざわざ取っていただきありがとうございます。この検地は複雑に入り組んだ土地の新田開発の所が大半で、しかも広範囲にわたるため時間も長くかかりそうなのです。そこで、私が考えるのは測量及び算術にも長《た》けており、気心の知れた三滝四郎右衛門と三俣八左衛門に手伝ってもらおうかと考えているのですが、いかがなものでしょうか。私を含め二人に手伝ってもらうため当然勘定衆の者が減り、その分他の者に御用の負担がかかってしまい大変申し訳なく思います。もちろん、それに伴って関係部署の理解と協力を得た上で調整してもらうことは言うまでもありませんが……。さらに組頭殿にお願いせねばならないのは、荷物運びや雑務のために中間《ちゅうげん》や小者《こもの》など六人ほど同伴したいとも考えておりますが……」

「孝和殿は、三滝と三俣殿にはその話をして了解を取っておるのか？　人数が少ない中での御用と財政的に大変ではあるが、殿の命であるというのなら仕方あるまい。少し考えさせてくれ！」

「三滝と三俣殿にはまだ話をしておりませぬ」

その後、勘定組頭は三滝と三俣を個々に呼んで話をし、それぞれから了解を取った。一週間後に孝和は勘定組頭に呼ばれ、三滝と三俣、それに中間や小者六人にも当たって了解を得たなどが伝えられた。

甲州検地見直しの人選が終わると、勘定組頭は、勘定衆の侍及び見習い全員を集めて発表した。勘定吟味役の関に、三滝及び三俣の二人が同伴し、その穴の抜けたところを残された者全員で補充し合ってお互い協力して御用をやることを理解して欲しいと訴えた。

終わって孝和は賢弘を呼んで、甲州検地が広範囲に及ぶことから長期間にわたると思うので、その間通常の御用の他、改暦のための天体観測と暦表作成などを推し進めるよう促した。賢弘は、孝和が不在でも頑張って観測はもちろん、改暦のための理論的な理術の精度を上げ解明を図るべく尽力するなどを約束した。

孝和は決まったその日、家老の山口に、検地に勘定衆の三滝四郎右衛門と三俣八左衛門の二人を同伴させ、荷物運びや雑務のため中間と小者六人も一緒に連れていくことが決まった旨の書状を認め、翌朝久留に持たせて届けさせたのである。

晩春三月（弥生《やよい》）初め、桜が開花する頃出立することにした。春のうららかな暖かい陽射しが差す頃の出立だった。

出立当日の暁方《あかつきがた》、三滝と三俣、中間と小者の六人全員が旅支度をして番町の関孝和邸に集まった。お互い爽やかな挨拶を交わしながら晴れやかな気分で集合した。

孝和は、持っていく道具など大丈夫か確認の指示を出し再度点検させた。幸恵も彼らに忙しく対応していた。

彼らの出立を見送る人たちは少なく、彼らの家族や幸恵、用人の久留、賢弘もわざわざ駆けつけてくれた。

孝和は出立前、幸恵に近づいて声をかける。

「わしの留守中、用人の久留や弟子の賢明・賢弘にもよろしくと頼んであるので、何かあったら彼らに何なりと頼みなさい。とにかく、家のほうはくれぐれも頼んだぞ」

その時、頭一つ抜きん出た背の高い賢弘が近づいてきて元気な声をかけた。

「先生！　このたびは大変ご苦労さんです。くれぐれも身体に気を付け、お役を果たしてきてください。また先生の留守中に、何かあればご新造さんから何なりと遠慮なく仰っていただければ、馳《は》せ参じますからご安心ください。さらに御用の改暦作業のほうは頑張って推し進めますからご安心を……」

賢弘は頭の回転が早い上、行動も機敏なので本当に頼りがいのある男だった。幸恵もそれを聞いて意を強くし、賢弘に「よろしくお願いします」と頭を下げた。

孝和は、最後、妻の幸恵に声をかけ念を押した。

「寂しい思いをさせて済まぬが、赤子の誕生を楽しみにしておるぞ。くれぐれも身体をいたわり、丈夫で元気な赤子を産んでくれ。吉報を待っているからな。このたびの検地は、前も言ったように広範囲にわたることから時間もかかり、従って、戻ってくるのも大分遅くなるのではと思っている。が、それでも御用のほうは何とか早く済ませ、早く帰ってこられるよう頑張るよ。それから、御用の合間に近況報告など時折手紙を書くから安心しなさい」

留守中の幸恵の寂しさを和らげようと気を遣って安心させる言葉をかけた。話は尽きず名残惜しいが、東の空が白みかけた頃、孝和は同伴者全員に向かって大声で、

「そろそろ出立するぞ！」

と声をかけ、孝和の屋敷を後にした。

幸恵をはじめ各家族の者と用人の久留重種、賢弘の少ない人数に見送られて出発。幸恵は、武士の娘として育った者らしく気丈な態度で夫らを見送った。

番町から五街道の一つの甲州街道の出発点である内藤新宿へと向かった。そこから甲州街道を通って甲府までの道中を下るのだ。かつて五年ほど前、綱豊公の領内検分に同行し道程は分かっているので、孝和は気持ちの上では大分楽だった。

街道を行く旅は、日々の御用の繰り返しの作業と違って、そこで出逢う自然と世の人々の動静にも接して見聞が広がっていき、新鮮だった。御用で詰まった頭がさっぱりした。かつて駿府までの東海道の往来の旅の思い出が蘇《よみがえ》り、道中では陰に陽にその時の過去の経験が生かされ役立ったのである。

朝夕は気温が下がることがあっても、日中は天気にも恵まれ気温が上がって晴れ、時には曇って夕方小雨に降られることがあっても、旅をするのにそれほど支障をきたすことはなかった。

四日目に甲府宿に着き、旅籠に泊まった。検地が始まるとなかなか風呂に入れないので、ゆっくりつかって身体をほぐし疲れを取った。

翌朝辰《たつ》ノ下刻（午前九時）に旅籠を発ち、甲府城に向かって城代家老に御目通りした。殿から寛文期の検地のやり直しの御下命を受けて参った旨を報告し、挨拶してすぐ引き下がった。

甲府の土地に詳しい代官の戸田加兵衛に案内されて赴いた最初の土地は、甲州北山筋羽黒村だった。城から大分離れていて、少し高台にある起伏の多い土地だった。

戸田は、そこの村役人である名主萩原源四郎と顔馴染みだということで逢った。その時、名主の補佐役である組頭（長百姓《おさ》）の河西慎之輔も紹介された。

萩原は、かねがね噂は聞いていたが、江戸甲府藩の勘定吟味役関孝和一行が検地でわざわざこの村に訪れたということで、戦々恐々としていた。孝和一行には平身低頭して対応する。

辺鄙な土地なので、萩原が自分の屋敷の一部を臨時の役屋敷とするのを了承した。また、普段使われていない別の一棟も一行の作業中に寝泊まりする場所として提供してくれた。検地するのに近くに閨《ねや》があるのは大助かりだった。

これには、孝和をはじめ一行の者はみな感激した。閨が遠いと検地場所までの往復時間がかかり、そのため作業する土地測量の時間が短くなってしまうのは明らかだったからである。

萩原からは、孝和に役屋敷と別棟はご自由に使い、何か不自由で不備なあるいは入用な物があれば、何なりと仰っていただければできる範囲でご協力したい、と言われ感激する。

一方、孝和は、萩原に検地の手伝いができないかと促すと快く応じてくれた。

「はい、分かりました。大したことはできませんが、是非協力させてください」

萩原がいれば、村のことに詳しい上、検地で農民と何か問題が起こっても自分たちの都合のよい測量をしたなどと変な勘ぐりや疑念を持たれることはないと思ったからである。萩原の大変ありがたい協力と支援には助かった。萩原が孝和に聞く。

「何時から検地を開始されますか?」

「明朝辰ノ刻(午前八時)から早速始めようと思う。だから、その頃役屋敷へ顔を出してくれるとありがたい。貴殿の案内で検地すれば、仕事もうまくはかどり処理できるだろうから大変心強い。当方としても大助かりだ」

翌朝辰ノ刻に、萩原が孝和一行が使う役屋敷に現れた。組頭の河西も顔を出し、出かける時、検地初仕事の一行に同道した。

四半刻して萩原の案内で小高い丘に案内される。そこから検地を開始した。孝和が、中間《ちゅうげん》と小者に梵天竹《ぼんてんだけ》や細見竹を持たせて田の角《かど》に立たせ、それを地面に垂直に立てるよう指示した。

この時の測量術は中国から伝来したものと、寛永年間（一六二四〜四三）頃にオランダ人によって長崎に伝えられたと言われる方法を用いて行われた。これは、整備された道具と方法でかなり正確な測量を行うことができ、その測量術のことを「量地《りょうち》術《じゅつ》」とか「町見術《ちょうけんじゅつ》」といい、この術で距離や面積を測ったのである。その測量術の中で、特に田や畑のような狭い土地を測量する時に「検地」と言った。

検地の方法は、土地の四隅に梵天竹や細見竹を立てその間を間竿《けんざお》や水縄《みずなわ》を使って長さを測って面積を求めた。しかし、田畑は必ずしも形が長方形でないので、正しい面積が求められるよう考えて竹（梵天や細見）を立てたのである。

長さ（距離）を測るには尺《しゃく》（約三〇・三センチ）と間《けん》（六・五尺＝一・九七メートルで京間《きょうま》という）を目盛った「間竿」と「水縄」が使われた。間竿は二間以内の短い距離を測る木製の物差《ものさ》しで、水縄はそれ以上の長い距離を測る道具で、柿渋《かきしぶ》（青柿の実の汁《しる》）を塗った太さ五ミリほどの縄で作られた巻《ま》き尺《じゃく》である。

まず孝和は、三滝と三俣に紙に測ろうとする土地（田や畑）の絵図を描くよう指示する。次に、中間や小者に竹（梵天や細見）を持たせ、測る土地の面積を正確に求めるために立つ場所を指示してそこに竹を垂直に立たせ、その二点を間竿や水縄で測ってその値を絵図に書き記す。

孝和は、どの位置に立たせたらその土地の面積が正確に求められるか、考えながら彼らを立たせて長さを求めた。その面積を求めるのに必要な所の長さをすべて求めた。しかし、土地の形によって何度か長さを測った箇所もあった。土地の面積を求める際、複雑な形は三角形や四辺形、円、扇形などに分け、その組み合わせで面積計算するのだった。

土地の面積計算は、検地が終わって役屋敷へ戻ってから三滝と三俣に計算させて求めた。面積単位は、この時六尺五寸が一間として使われており、その一間四方の面積を一歩《ぶ》とし、三十歩を一畝《せ》、十畝を一段《たん》（反とも書く）、十段を一町《ちょう》として計算し書き記した。また、田畑については一筆ごとに地名、面積、田類（良し悪しを上・中・下・下々の四種に分けて指定する）、石盛《こくもり》（玄米収穫量）、作人名を記した。

この検地調査では、検地役人として甲府藩の孝和だけでなく百姓の代表として村役人も立ち合って一緒に行い、お互い測量に間違いがないよう確認しながら実施した。その日に検地した場所及び気付いた点などは必ず執務日誌につけた。

一日の役務を終え、別棟で夕餉を摂った後、孝和には、奥の一部屋が特別に割り当てられていて、そこでその日の一日の行動を思い起こし、良かったことや反省点、それに翌日の取り組みなどに思い巡らせて書きとめるのを日課とした。その時、さらに妻の幸恵や弟子の賢弘などがどうしているかなどを思い巡らせることも多かった。

半月ほどして、妻の幸恵に手紙を書いて出す。仕事が軌道に乗り始め、心にも余裕が少し出てきたので、御用の近況報告や家庭のこと、気になる幸恵の胎児の状況などのことについて認《したた》めた。

一週間ほどして妻の幸恵から手紙が届いた。

幸恵からは、夫に余計な心配をかけると御用に差し障りがあると考えてか、家庭や自らのお腹の子の様子は順調に行っているなど、夫を明るく励まし安心させる文面が認められていた。

四月（卯月《うづき》）上旬に間部詮房から手紙が届いた。孝和は手紙を受け取った時、何事かと思って開封する。初めに殿から命じられて代筆したと断り書きがされていた。

この三月（弥生）三日に、用いられていた大統暦《たいとうれき》を採用したということである。算哲の授時暦を基にして作られた「大和暦」は、シナ（中国）の元《げん》の暦法なのでまかりならぬ、ということだった。

その理由がまた馬鹿げたものだった。それは元のフビライの軍が鎌倉時代の文永十一（一二七四）年と弘安四（一二八一）年の二回にわたってわが国の侵略を企てた、という過去の怨念でもって頭の固い公家衆が拒否した、というものだった。

この文面を読んで、孝和は算哲の大和暦法が採用されなかったのは残念だったが、八百年以上続いた宣明暦が廃止されるというのは大変大きな前進で、その意味で算哲のとった行動は正しく称賛に価するものだ、と思った。詮房には、情報提供のお礼と検地のほうの進捗状況は順調にいってることなどを認めた。

それから数日経って弟子の賢弘からも手紙が届いた。賢弘もその情報を聞いて伝えてきたのである。

算哲の大和暦法は採用されず明代の大統暦が天皇から宣下された旨が記されていた。一方、御用の改暦のほうは、天体観測を日々行って記録をとっていると同時に、授時暦の方法を用いて太陽と月の運行を数学的な関数として計算し予測して暦表を作成して積み上げていると認められていた。また、『発微算法演段諺解』のほうは、傍書法の演段が一般の算術家には難解であるため、その演段術が理解しやすいように詳細に解説しているところを書き進め、間もなくまとめ終わるところだと記述されていた。書き終わったら、検地中だと思うが先生に近々跋文を書いてもらいたいと付記されてあった。

賢弘には、検地の現状と改暦では暦表計算で苦労をかけていること、『発微算法演段諺解』は早く書き上げ刊行されるのを期待し、一方、跋文のほうは追って書き送ると、孝和は書き記した。

一村の検地がすべて終わると、名主の役屋敷に検地役人らが集まった。江戸勘定吟味役の孝和をはじめ勘定衆の三滝、三俣の三人が、それに村を支配する代官戸田加兵衛、それと百姓代表の村役人である名主萩原源四郎と組頭の河西慎之輔が集まった。そして三滝、三俣がまとめた検地帳二冊が持ち込まれ、その書かれた検地帳に間違いがないかを全員で確認する。つまり村単位を画し、その中の田畑について一筆ごとにとった場所を示す地名と、それに面積、田類、石高及び作人名と村ごとに一括調査し、記帳した内容を確認したのである。全員で間違いがないのを確認すると、孝和と萩原、戸田の三人が署名・捺印した。一冊は勘定所に差し出し、一冊は村役人の名主の所に保管した。

この検地帳は、その村の土地・百姓の支配の基本となる最も重要な基礎台帳となったのである。

その後、この羽黒村を皮切りに西八幡村など十四箇村を再検地する。

農民（百姓）は、三月（弥生）上旬から田植えに先立っての準備を開始する。水をたたえた苗床に種籾《たねもみ》をまいて苗を育成する。また、移植する水田は大ざっぱに掘り起こした荒起こしをし、それが済むと水を引き込んでさらに耕土を鋤《す》き返し、田の保水力を大きくする。その時、畦《あぜ》を鍬《くわ》で泥土を塗りつけて固め、柴草を刈って田に敷き込む刈敷《かりしき》や積み肥、人ぷんなどを施して整土したのである。それが整ってから田植えが始まる。

その水田に、種まきから数十日して苗代《なわしろ》で育てた稲苗《いねなえ》を移植するのだ。

田植えは五月（皐月《さつき》）から始める。その移植の方法は、家ごとに早乙女《さおとめ》が整地された浅水の田に数本の苗を五～六手ずつ横並びにさして後退《あとずさ》りしながら行われた。つまり薄く水を張った田んぼに苗を次々と植えていき、土色の風景を少しずつ緑に染めた。

この五月に田植えをするのには理由《わけ》があった。この月に梅雨に入るが、その時期に雨が降って結実する穂を多くして増収を図ることを願ってだ。天候不順で雨が降らず日照りが続くと、稲の生育に悪影響を及ぼすからだ。

孝和らは、これらの田園風景を横目にしながら検地に専念する。

江戸にいるとこうした光景を目にする機会は少ないため、このような農民の作業姿に接すると一層新鮮な気持ちになり心地よかった。一方それに引き換え武士の生活は、このような汗水たらして作った結晶である年貢で暮らしていることを思い起こし、内心、自然と彼らに敬意を表すと同時に感謝をもした。

検地中にたまたま畦道《あぜみち》で赤子に乳房をふくませる農婦を見かけたりすると、胸が高鳴り、一瞬幸恵のことを思い出し、早く御用を済ませて帰りたい衝動にもかられた。幸恵のお腹の胎児が順調に成長し臨月まであと数箇月かと思うとわが事のように思われ、赤子の誕生を早く待ちわびるのだった。

また六月（水無月《みなづき》）には、賢弘と約束した『発微算法演段諺解』の跋文を推敲を重ねて書き送った。

村ごとに検地が終わると、その村の検地帳二部を作成した。そして、内容に間違いがないかを確認して孝和と、検地役人としての代官、百姓代表の名主が連署した。

今年は残暑厳しい年だった。水田の稲穂も順調に生育し、八月（葉月《はづき》）に入って黄金色《こがねいろ》に実り、頭《こうべ》を垂れた稲穂が刈り取られた。

その頃、賢弘から嬉しい知らせが飛び込んできた。

賢弘が代筆して、幸恵様が女の児を生んだ、と知らせてくれたのである。そこには、奥様の出産にあたり、出産の経験者である用人の久留の奥さんが毎日手伝いに来て食事の世話などしてくれ心配するには及ばぬ、と書き添えられてあった。

これには孝和も感激する。賢弘が、孝和の代わりにあれこれ動き回って段取りをつけてくれたのである。本当にありがたく、弟子とはいえ細かい点まで気が利き、改めて賢弘に感謝した。いい弟子を持ったとつくづく思って、内心彼に礼を言った。

またこの文に、孝和は飛び上がらんほどに喜び、胸にぐっとくるものがあった。感動したのである。待ちに待った血を分けた待望のわが子が生まれたということに感激したのである。その時、一瞬、心は江戸に戻っていた。わが児に頬擦《ほおず》りをし、かわいさのあまり抱きかかえていた。さらに、わが児を生んでくれた幸恵の顔が大写しに脳裏に映し出され、「ありがとう」と感涙にむせび感謝していた。

田植え前の準備から稲刈りまでの期間の移り変わる田園風景を目にしながらの検地

も、そろそろ終わりに近づいていた。丁度その頃の時宜を得た知らせだったので、何とも言いがたい嬉しさが一層込み上げてきた。

村役人と農民双方は、天候不順による不作続きで苛立っているところがある。彼らにとって開墾で手に入れた土地だからできたら少しでも多く村のものにしたいし、また一方、石盛や面積も少しでも少なく見積もって欲しいと思うのは人情でもある。

孝和らが行った再検地の結果は、当初のものとそれほど違いがなく、藩主綱豊が考えるほど深刻なものではないことが分かった。

藩主直々の指示で、江戸から勘定吟味役の孝和らが派遣されて検地が行われたため、村役人や農民は神経をピリピリさせていたものの、その結果がほとんど違いがなく、処罰者が出たり、痛くもない腹を探られてとばっちりを被《こうむ》ったりすることもなく、お互い胸をほっとなで下ろした。

再検地が終わった八月（葉月）下旬に綱豊、勘定組頭、賢弘及び幸恵宛てに、検地も無事終わって江戸へ戻る旨の文を認め、出した。

後始末をして九月（長月《ながつき》）上旬に孝和ら一行は甲府を出立し、半年間にわたる長い検地を終えて江戸へ戻ってきた。

すぐ藩邸に赴き、勘定組頭に帰府の簡単な報告をする。組頭は孝和らをねぎらった。

孝和は、その後、検地に同行した者全員を集めて御用がみんなの協力で無事終えその苦労をねぎらうと共に感謝し、今日でもって解散する旨を告げて、四散した。

（二）

そして、孝和は、疲れた重たい身体をわが屋敷に運んだ。ところが、家へ近づくと赤子のことがふっと頭をよぎり、疲れた重い身体が一瞬解き放たれ、軽くなった。不思議だった。生まれたばかりの赤子のことを思うと、彼女に早く逢いたいとうずうずしてきた。と同時に半年ぶりに苦労をかけた幸恵にも逢えるかと思うと、頭の神経回路が突然切り替わり、元気が出てきた。

木戸をくぐって玄関先で元気な声で言った。

「帰ったぞ！」

幸恵も、その声を聞いて主人の帰りを首を長くして待っていたので、殊の外喜んだ。出産後、ようやく起き上がって動けるようになったところで無理なことができない状態だったが、半年ぶりに夫と再会できることに嬉しさが込み上げてきて、玄関先で夫を温かく迎え入れた。

頭を垂れて低声で言った。

「長い間の御用大変お疲れさんでした。無事に終わってほっとされたと思いますが、お疲れになったでしょうから、とりあえずごゆっくりなさってください」

「長い間家を空け、そして寂しい思いをさせ苦労をかけて済まなかったな。自身の身体のほうは大丈夫か？　このたびのそちの出産は大儀であったな。心から嬉しく思うぞ。元気な児が無事生まれ何よりだ。女の児ということで元気か？　早く顔が見たいなあ」

「私の身体は大丈夫です」

と言って娘の寝ている部屋に連れていく。産着《うぶぎ》を着て気持ちよさそうにすやすや寝ていた。孝和は顔を近づけジーッと見ている。

「かわいい児だなあ。目元などわしに似ている気がするなあ」

「そうですか。それは良かったです。初めから親馬鹿ぶりを発揮してますね」

「それはそうだ。わしの初めての血を分けた児だからな。まさかわが分身ができるとは、今まで考えてもおらなかったからだ。わが児ができてこれ以上嬉しく幸せなことはない。わが人生において一番感動した。嬉しかったぞ」

しばらくして、用人の久留が外出先から戻ってくる。そこに久留の奥さんも夕餉の準備をするため、孝和の屋敷に来た。孝和とは初対面だったので、平身低頭して挨拶する。

「このたびの妻の出産では大変世話になったな。あなたが来てくれたお陰で妻も大変助かった。妻に代わってわしからも改めて礼を申すぞ。妻が一人前に動けるようになるまで、これからもしっかり頼むぞ」

「ありがたいお言葉もったいのうございます。主人ともどもよろしくお願いします」

夕餉の準備に取りかかろうとした時、幸恵が言う。

「今夕の食事は夫が久しぶりに帰ってきたので、いつもより腕を奮って作って……」

そして、幸恵自身もそこに加わろうとしたら久留の奥さんが、

「身体に障《さわ》りますから炊事はまだ駄目です。作るものを言ってくだされば私が作りますから……」

と言って引き下がった。

孝和も、帰ってすぐ検地に持っていった物や身辺の整理をしてから普段着に着替え、自室の文机の前に本当に久しぶりに座った。研究対象の天文暦学などの算学からは大分遠のいていた。が、座るなりかねてより座り慣れた所ということもあって大変心地良かった。やはりわが家が何といっても心が落ち着き和《なご》み一番いい所だと、改めて実感した。

時折、隣の部屋で寝ている娘の泣き声で気が紛らわされ、集中が途切れた。

そうこうしていると、幸恵が夕餉ができたと呼びに来る。

居間で本当に久しぶりに家族水入らずの夕餉が始まる。

孝和が燗《かん》をした酒を幸恵に注いでもらった時、彼女と乾杯しようと思い立って幸恵に言う。

「幸恵も酒を少し飲むか？　本来なら本調子でないので駄目だろうと思うが、今日は無礼講で口をつけるだけのほんの少々であるなら……」

と言って妻の盃に注ぐ。

夫婦水入らずの乾杯をする。この時、胸にじいーんと熱くなるものを感じ、夫婦の良さを改めて実感する。家族と一緒に夕餉を摂るのが、こんなに嬉しく心地よいものであることを離れてみて初めて分かった。

二人だけの気持ちよい夕餉を摂っている時、幸恵がぐっと胸に抑え込んでいた文言を孝和に口にする。孝和の頭の中には検地のことでいっぱいで、家族のことをゆっくり考えている余裕などなかった。

「孝和様、この娘《こ》の名前をどうしましょうか？」

「幸恵は何か考えておるのか？」

と、逆に聞き返した。

幸恵はいくつか考えていたが、夫を立てるため夫の思い、考えを無視して先に言うのは悪いと思い、ぐっとこらえて言うのをやめた。

沈黙がしばらく続き、それから孝和はやおら言う。

「……急に言われても、心の準備がないのですぐ思いつかない。で、少し考えさせてくれ」

と言って、その日は娘の名前の件については全く進展しなかった。

しかし、幸恵はそのことを言ったことで、胸につかえていたものがすーっと取り払われた。つまり、そのつかえが吐き出されたことで気持ちが清々した。

孝和の性癖として課題が出てくると、納得の行くまで根《こん》を詰めて考えるところがある。日課の算学の研究を推し進めた後、就寝前に娘の名前を考え始める。

「名は体を表す」と言う。従って、娘にどんな人になってもらいたいか、親の願いを込めて命名しなければならない。名前負けしない子に育って欲しい、いや育てなければならないと思っている。それだけ親の子に対する責任というのは重いのだ。それで、あれこれ思案する。

その時、ああそうだ、嫁の幸恵という名前はいい名前だ、と改めて実感する。

万人がすべて幸せになってもらいたいというのは人類共通の願いである。そのためどうしたらよいか。幸恵のように他人《ひと》に恵みを与え、そして喜びを与えて幸せになってもらいたい、とするなら、幸恵のその一字を取って娘に付けたらどうだろう、と思い立つ。そうしたら、妻も自分の名前の一字が入っているということできっと喜んでくれるに違いないと思った。つまり、恵みという字から、他人の痛みが分かり、恵みを与えられるそういう思いやりのある人になっていってもらいたい、という考えに発展していく。最後は、それらの恵みがたくさんの人たちに与えられる「多恵」という名前がいいと思い当たる。それ以降、数日間それを寝かせて醸成する。

孝和はこれでいいと思って、五日ほど経って幸恵に娘の名前が決まったと言って、「多恵」と告げた。幸恵には、さらにそこで、名前の由来を伝え確認した。

「おまえの幸恵の名前の一字である〝恵み〟を取って、さらにその恵みを多くの人たちに施して欲しいとの願いを込めて『多恵』と付けたがどうだろう?」

幸恵もいい名前だと思って、すぐ「良」と即答した。幸恵からしたら、自分の名前の一字が娘に与えられたということに感激し、光栄に思うと共に満足して喜んで了承した。

孝和は娘の名前を懐紙に書いて床の間に飾った。その後、藩にも届け出た。

孝和は、翌朝いつものように日の出頃目を覚まし、熟睡してすっきりした気分で目覚めた。隣の部屋で多恵が夜中、何度か目を覚まし泣きじゃくって幸恵が乳をあげ寝かせつけていたが、孝和はよほど疲れていたと見えてそれに気付かず熟睡していた。

今朝は、殿に帰国報告をするため正装していつものように出仕する。出がけに、幸恵がすやすや寝ている多恵を抱っこして孝和のもとに連れてきて見せる。

幸恵は多恵に向かって、

「お父様が出仕するのよ」

と言って、夫に多恵を手渡す。

孝和は受け取って多恵を抱っこするものの、抱き慣れていないこともあるが、それにしてもあまりにも軽く、腫れ物にさわるような変な感じがした。落としたら壊れそうな感覚だった。指先でほっぺたをそーっと触れると、えくぼを作ってにこりと笑う笑顔がかわいらしかった。さらに、彼女をしばらく抱っこしてジーッと見ていても見飽きることがなく、心身をいやし和ませてくれる不思議な力を持っていた。この娘から逆に元気をもらったような思いになった。

数分抱っこして、「多恵、御用に出かけてくるからな」と、そっと語りかけて幸恵に渡し、出仕した。

その時、このわが娘の誕生は、自分の今までの算学一筋の人生に新たに一輪の花を添え、豊かにしてくれる存在だと知って嬉しかった。喜びが倍加した。

昨日の帰国報告は、勘定組頭の原口とそこに居合わせた数名の勘定衆のみであったが、今日は正式に殿と家老の山口直矩《なおのり》、勘定組頭と全員の勘定衆に対してである。勘定組頭の原口の指示で勘定衆全員が勘定部屋に集められた。そこで、孝和と三滝、三俣の三人がみんなの前で帰国報告をする。孝和が代表して挨拶をし、御用に穴を空けたお詫びかたがた、今後も引き続き御用に精出すことを約束すると誓った。三滝と三俣の二人はそのまま御用に就いた。

一方、孝和は家老の山口の所へ顔を出し帰国報告をすると、彼と一緒に藩主綱豊に拝謁するため屋敷へ向かった。

孝和が面《おもて》を伏せてじっと待っていると、小姓の間部詮房を従えて殿がござると、殿の久しぶりに聴くよく通る澄んだ声が響きわたる。

「面を上げよ」

おずおずと顔を上げると、

「このたびの検地、長い間ご苦労であった」

「ははは一っ……」とまた平伏した。

「このたびの検地はいかがであった?」

「村々の代官及び名主・組頭などの協力、支援を得て、特に大きな問題もなく無事検地できました」

「それは良かった。ところで、わしが疑念に思っていた新田開発した土地の石高、面積はいかがであった?」

「正確に測定して面積を算出しましたところ、当初検地した値とほとんど変わりませんでした」

「あれほど複雑な入り組んだ土地でもそうだったか。また、そこでの農民たちの暮らしぶりと反応はどうだった？」

「江戸から勘定吟味役が派遣されてきたということで、村役人や農民たちは当初、自分たちが不正を犯したと疑われたのではないかと戦々恐々としてましたが、結果は特に問題がなく、処罰者や痛くもない腹を探られることもなく、検地後、彼らはほっと胸をなで下ろしていました。農民たちは、年貢を納めるため一所懸命耕作していましたし、生活も真面目にかつ細々と質素に暮らしていました。その彼らの暮らしぶりを見ていまして、私たち武士は彼らから取り立てたもので暮らしていることを思うと、ありがたく感謝せねばならないとつくづく実感したほどです」

「確かにわしらは彼らの上がりで暮らしてるわけだから、上からの強制的な政《まつりごと》だけでは駄目で、民政の立場に立った施策を施さねばならぬなあ」

と、藩主として改めて民政の大切さを再認識する口振りだった。

最後、藩主綱豊から思いもしなかったお言葉があったのには驚くと共に感激もした。

「このたびの検地の期間中に、そなたにかわいい赤子が誕生したと聞き、本当に良かったな。おめでとう。これからはしっかり養育し、父親として一人前の立派な人に育てるように願っておるぞ」

と、家族にまで意を汲んだ細やかな気遣いと激励の言葉まで賜って感激し、胸にぐっと来るものがあった。それを聞いて、一層殿のために尽力せねばと、逆に心に誓うほどだった。その上、帰りしな、さらに布地一反の品を賜る栄誉にまで浴し、これ以上の喜びはなく感激した。


この日の夕べに賢弘は、孝和の屋敷に訪れた。検地から戻ってすぐ、孝和の留守中における諸々のことを話そうと思って来たのだった。

幸恵が茶菓を持ってきて、賢弘に、自分の出産を通して世話になった旨のお礼を言って、出ていった。

そこに、孝和がすぐ顔を出し賢弘の前に端座するや、早速彼に礼を言った。

「わしの留守中には、そなたには随分世話になったな。特に妻の出産に際しては、家族同様の一方《ひとかた》ならぬ心温まる機転と行動力、献身的な力添えによって無事出産することができた。改めて礼を申すぞ。わが家はそなたの献身的な尽力によって大いに助けられた。また、今回はその私用ばかりでなく公用、つまり留守中における御用でも、特に天体観測並びに天文暦学における太陽・月など天体の動きに関する暦法と将来起こるべき天体現象の日時を推算予報した暦表の作成など重要な仕事まで日々行って記録し、それを地道に積み上げていってくれて大いに助かった。わしとしてもそなたの働きぶりに大いに敬意を表し、頭の下がる思いでいっぱいである。で、何か新たに解ったことがあるか？」

孝和の話している途中、多恵の泣きじゃくる声が聞こえてきたが、話はそのまま続けられた。

「先生からそのような心温まる言葉を頂戴し、むしろ身にあまる光栄だと思っています。私も好きでやっていますから、先生にそんな余計な気を遣っていただき、かえって恐縮します。ご心配なさらないでください。天文暦学における暦法及び暦表のほうもそう前に進んでおらず、逆に申し訳ない気持ちのほうが大きいです」

「そんなことはない。学問を一歩前進させるのは大変難しく、改めて厄介なことだと思ったまでだ。……ああ、それから例の『発微算法演段諺解』の刊行に向けての作業のほうはどうなってる？」

「ああ、その件ですが、先生の編み出した傍書法と演段術が一般の算術家にはあまりにも難しいため、彼らにどうしたら分かりやすく理解できるかを念頭に置いて丁寧に解説して書き進めておりますので、どうしても時間がかかってしまいます。それゆえ、進みは亀の如く遅いですが、少しずつ前進してることだけは確かです。来年半ばまでには、何とか原稿を書き上げて版元に送りたいと思っています」

「大変荷の重い改暦作業の御用の他、さらに私的ではあるにせよ、本の刊行に向けての重い仕事も併用して推し進めているので大変辛いと思うけれど頑張ってくれ！」

「はい、承知しました。両方共大変ですが、全力を尽くして何とか頑張って成し遂げたいと思っています」

　と、例の賢弘の負けん気の強い言葉が返ってきて頼もしく感じた。

　それで、賢弘をさらに元気づけるために言う。

「頼んだぞ。何かあれば何なりと言ってくれ。……本の刊行は来年になるとはいえ、どんな本ができるか今から楽しみだな。待ち遠しいくらいだ」

「頑張ります。もちろん、来年中には出来上がると思いますが……」

孝和が江戸を空けている間の話題について、賢弘からいくつかかいつまんで聞いた。

賢弘が帰る際、幸恵が多恵を抱っこして彼の下にその娘《こ》を見せに来た。賢弘も出産して一箇月以上経った多恵を見て、かわいく子供らしくなっていたのに驚く。

頬を指先でちょこっとつついてあやし、にやっと笑う笑顔が何ともかわいらしかった。自分もこんな子が欲しいなと思った瞬間でもあった。

第十六章　算学研究の成果をまとめる　――賢弘が『発微算法演段諺解』を著す

（一）

江戸に戻って一箇月と少し経った十月二十九日、「大統暦」から算哲の「大和暦」に今年二度目の改暦宣下があり、そのことは将軍家にも嘉納された。改暦を果たすには、京の陰陽家安倍家の承認を受ける必要があり、実際承認された。そして、この暦は日本人が最初に作った正式な暦となり、翌年から施行されたのだ。

これには幕府も驚き、この情報は瞬時に広がっていった。綱豊はもちろん、孝和の耳にも早い段階で入ってきた。孝和は入るなりすぐ、それに関する情報をかき集めるため奔走する。

その後しばらくして、孝和は家老山口直矩に呼び出される。

山口は、算哲に改暦を先に越されたことを腹に据えかね、孝和を叱責した。孝和はただただ「申し訳ない」と平身低頭するばかりだった。直感的に切腹を言い渡されるのではないかと思うほど、激しい口調で叱責された。

しかし、山口も思いとどまり、孝和が検地に行き取り組めなかったことは十分承知していたので、ぐずぐず言うことはなかった。だが、山口の立場からしたら、どうしても改暦を藩主綱豊の手柄にしたいと切望していたので、大変残念がったのである。

その後、孝和は山口に伴われて藩主綱豊の前に引見した。

綱豊は、なぜ改暦されてまだそれほど日が経っていないのに算哲の暦法が採用されたのか合点が行かず、孝和に問いただした。

「孝和！　先日算哲の暦法が採用されたと宣下があった。三月に『大統暦』に改暦されてから七箇月余しか経っていないのに、算哲の暦法がそれに取って代わって新たに採用されたのはどういうことなのだ？」

と疑問を投げかけた。

孝和は応える。

「私の耳に入っている情報ですと、『大統暦』採用が決まった後、算哲としてはその決定に不服で腑に落ちず、その後、三度目の改暦の上表を準備して再度提出したということです。つまり自ら作った大和暦のほうが暦法として正確で優れていると自信を持ってその優秀性を宮廷における公家たちだけでなく、陰陽師、算術家、神道家、朱子学者、僧などの他、武士や世の庶民たちにも訴えたようです。その確かさを分かってもらうため、実際、京で庶民たちで賑わう梅小路に八尺の鉄表を立てて日影の長さを測ったり、子午線儀や象限儀などの天測器具を組み立てて設置するなどして天体観測を行い、大統暦と算哲の大和暦のいずれが日食や月食などの天体現象に合うかを比べた結果、算哲の大和暦のほうが勝利して、改暦宣下に至ったようであります」

「そうか。それでは、そなたが改暦のために取り組んでいる方法とどこが違うのだ?」

「少し専門的で難しいかも知れませんが、その違いをかいつまんで申し上げます。

授時暦の基本は天体観測を精密に行い、天文定数の精度を上げることにあります。

算哲殿は、その観測により天文定数の精度を確実に上げることに成功したからだと思います。

一方、私たちが取り組んでいる方法は、太陽や月の運行を数（算）学的な関数として求められれば、暦を作ることができます。そこで、授時暦で用いられている招差法という方法を用いて太陽や月の運行を数学的な関数としてとらえ、それを計算して求め、予測して暦表を作成してきたのです。ちなみにこの招差法は、一種の補間法で近似的に三次の式で求めるもので、そのことから三差之法と言っております。言い換えれば、私たちはこの数学的な押さえをきちんとやって改暦に取り組んでいるのです。

それに対し、算哲殿のやり方は数学的に解釈や計算が不十分であっても、宣明暦より正確な暦ができる可能性があり、そこには日本で施行するのに必要な正確な天文定数が含まれているのです。算哲殿らは豊富な観測機器とそれらを用いて豊富な観測記録の蓄積に基づいてかなり正確な天文定数を得たのだと思います。彼らの長期間にわたる観測とその回数の多さという点では私たちとは圧倒的な差があり、到底太刀打ちできません。しかし、私の考えるところでは、算哲殿のこの取り組み方に、さらに私たちの取り組み方を取り入れたなら改暦の精度がずっと上がり、より正確な暦ができると考えております。いずれにせよ、改暦に向けての取り組み方では、要は考え方、答にたどりつくために選んだ道筋が違うものと考えています」

綱豊は「改暦を行うのは、本当に難しい作業なんだな」と、改めてその難しさを実感したような仕種を示した。

綱豊はさらに続ける。

「改暦は算哲に先を越されてしまって大変残念だったが、今後どうするつもりなんだ？」

「まずその前に、殿のご期待にお応えすることができず、大変申し訳なくお詫び申し上げます。せっかく、これまで改暦のための研究を推し進めて参りましたので、それをさらに続けて、数（算）学的な関数の一般の場合における近似法を見つけ、その解決を図って正確な暦を作っていき、世のために役立てたいと考えております」

「その作業は大変だろうと思うが、そなたの優れた才能でもって何とか解決するのを大いに期待しておるぞ。頑張ってくれ！」

「ははは一っ、ありがたきお言葉いたみ入ります。精一杯頑張ります」

と言って平伏した。

それからしばらくして、この改暦作業で大変骨を折ってもらった賢明と賢弘、それに三滝や三俣も孝和邸に呼んで孝和はみんなに告げた。

「先日、殿の所に伺候した際、算哲が作った大和暦に改暦宣下があったとの話になった。貞享暦と名付けられ来年から施行されることが決まったのは、みんなもご承知の通りだ。その際、殿に対しご期待に応えられなかったことで謝罪したが、併せてわしの力不足でみんなにも骨折って頑張ってもらったにもかかわらず日の目を見ることができず、大変申し訳なく思っている。その責任はすべてわしにあるので、この場を借りてお許し願いたい。そこで、この機会に今までやってきた改暦作業をここで取り止めたいと考えている」

と言うと、負けん気の強い賢弘は顔を真っ赤にして怒り、即刻異議を唱える。

「改暦のため、今まで我々が時間をかけ精を出して取り組んできたこの作業を、ここで終わらせてしまうのは大変心残りで忍びない。もっと続けられないものだろうか？なぜなら、今までやってきた努力が全く徒労に終わってしまうのが残念でならないからです」

「賢弘のその気持ちは、わしにも十分よく分かる。わしも断腸の思いで決断した。どうしてもやめざるを得なかったことなのだ。というのは、算哲の改暦が天皇の宣下を受けたからだ。彼らの豊富な天測器具に基づく長年にわたる豊富な観測記録とその蓄積資料の結果を下地にして作り上げられた算哲の暦法を認めるというのは、確かに我々としても気持ちの上で到底受け入れがたいが、その点では我々は彼らにとても太刀打ちできないことは認めざるを得ない。我々が今まで取り組んでいる方法は、太陽や月の運行を数学的な方法で改暦しようと試みてきたものが、今の段階ではそこまで正確なものにまで高められていなかったのは確かで残念でならない。が、わしとしてはここでたとえ取り止めても、この方法をこの先もさらに追究していき、より正確な暦を作り上げていきたいという気持ちは今も変わらない。つまり藩として推し進めてきたこの改暦作業はここで終了するが、わし個人としてはより正確な暦が作れるような暦法をさらに考案して追究していきたいと思っている」

賢弘もその考えにすぐ同調して言う。

「私も、この暦法追究には大変興味があるので、そこに加わらせてもらえないでしょうか？」

「それは構わぬ」

と孝和が言うと、兄の賢明も「私も同様です」と言って話が終わった。

孝和は、幸恵に指示して彼らに簡単なもてなしをするため、料理と酒を準備させた。孝和は、改暦作業で協力して何かと苦労させた面々の労をねぎらうため、ささやかな祝宴を催したのである。彼らにせめてもの感謝の気持ちを込めてねぎらったのだ。

それからは、孝和は、授時暦における招差法の最後の詰めの段階、すなわち三次の式から一般の場合のn次の式まで展開できないものかと考え追究したのである。なぜなら、この問題を解決しておかなければ、将来さらに正確な暦を作ることができないと、数（算）学者としての直感的な発想があったからだ。そのことから、孝和は、この問題の解決に向けて相当頭を悩まし、その糸口をつかもうと必死になって考える。その結果、その関数をn次の式で近似する方法の一般的な招差法を完成させ、これを累《るい》裁《さい》招《しょう》差《さ》之《の》法《ほう》と名付けた。孝和のこの累裁招差之法は、シナでは三差之法から進歩はなかったが、西洋ではニュートンが一六七六年にニュートンの補間法と呼ばれるものを発見していて、彼とほぼ同時期に孝和も打ち立てた独自の理論だったのである。

（二）

こうして貞享元年が過ぎ、翌貞享二（一六八五）年になった。

この年から算哲が作った貞享暦が施行した。賢弘は、『発微算法演段諺解』を出版するため、その原稿を書き進めている。孝和が『発微算法』で遺題を解く際、その解法の途中の計算が省かれて分かりづらく難しいため、一般の算者には理解しがたく、彼らにも理解できるようにそれを詳しく解説して丁寧に書き足していたのである。その頃、遺題の解説部分も終盤に差しかかっていた。賢弘は、仲春にはその原稿を完成させた。そして、孝和の屋敷にそれを持って訪れ、版元に出す前の最後の点検を師の孝和にお願いした。

孝和は、それを見て弟子の頑張りに感激し、胸が熱くなった。

「よく頑張って完成させたな。そなたのその前向きな姿勢こそ素晴らしく立派なのだ。早速、賢弘のまとめたこの力作に目を通すが、これから読むのが楽しみだな」

孝和が感嘆して言うと、賢弘もまんざらでもなさそうで照れ臭そうに言う。

「表現や計算間違い、あるいはこうした書き方のほうが算者に訴える力が強くて分かりやすいとかいろいろ指摘していただいて、訂正ないしは書き直してもらえたら大変ありがたいです」

「賢弘の正確かつ几帳面な性格からして、そのような箇所は少ないと思うが……」

「先生、そんなことはありません。人間は元々間違える動物ですから、自分でも気付かずに知らずに間違えたりしているかも知れませんので……」

「まあ、腰を据えてじっくり読ませてもらおう」

孝和は、一箇月ほどかけて原稿を見直した。演段の解法の解説も丁寧に書かれており、大きな間違いもなく、読みやすく書かれていた。

賢弘は、孝和から原稿を受け取ると、巻頭の序文を書いて、五月（皐月）初旬に版元に原稿を持っていき刊行をお願いした。版元に、自信を持って原稿を預けた。手塩にかけた原稿が手元から離れてどんな本が出来上がるのか、楽しみであった。

ところで、この本は、孝和が延宝二（一六七四）年に『発微算法』を出版してから十一年経っていたが、未だに理解できない算術家のため、賢弘はその解説書である『発微算法演段諺解』四冊を出版したのだ。それも『発微算法』が出版後間もなく書肆《しょし》の火災で版木が失われたことから、第一冊は原本をそっくり復刻するという念の入れようだった。

それにもう一つ背景には、賢弘がこの本の出版に際してそれなりの強い思い入れがあったことである。それというのは、この年の貞享二（一六八五）年から渋川春海《しぶかわしゅんかい》（算哲）が作った貞享暦が頒暦として採用され、使われたということからである。それでなくとも、賢弘は渋川春海に対して異常なほどの敵愾心《てきがいしん》を燃やしていた。

今までのシナの暦から日本人が作った暦に代わり、それによって幕府も汚名を返上しわが国の主権を取り戻したということで画期的な出来事であったのは言うまでもなく、賢弘もその点に関しては認めていた。しかしながら、一介の碁師に過ぎなかった渋川春海が、日本人の手による最初の暦でその世評が一層高まっていったことに対し我慢のならないところがあった。負けん気の強い賢弘は、貞享暦で先を越されたのが大変悔しくて辛く、内心はらわたが煮え繰り返っていた。それで、賢弘としてはどうしても師である関孝和の存在を誇りたく、それに師の著書『発微算法』が未だに理解されないという状況がもどかしく、その解説書である『発微算法演段諺解』を出版して師の名を再び流布させたかったということであった。だから、この出版によって賢弘自身も満足感に浸り、溜飲を下げたのである。

賢弘はまた、巻頭の序文に次のように書いている。

……かつて思ふに、近世都鄙《とひ》（みやこといなか）の算者、かの術の幽微を知らず、或は無術を潤色せるかと疑ひて、類問を仮託《かたく》してこれを窺ひ、或は術意誤れりと評して、却《かえ》ってその愚を顕《あら》わす。予、不敏なりといへども、先生に学んで、粗《ほぼ》得る所あり。ここに於て世人区々《くく》の惑いを釈《とか》んと欲して、発微算法に悉《ことごと》く演段を述し、本書に附して総《すべ》て四巻となす。そもそもこの演段は和漢の算者いまだ発明せざる所なり。誠に師の新意の妙旨、古今に冠絶《かんぜつ》(群を抜いて最もひいでている)せりと謂《い》ひつべし。……

それから二箇月後の七月(文月《ふみづき》、初秋)に兄二人の賢之《かたゆき》と賢明が跋文を書き、師の孝和もあとから跋文を書いて賢弘に渡し、そして版元に届けたのである。あとは本ができるのを心待ちにするばかりだった。どんな本ができるかを楽しみにしていた。

ただここで余談だが、賢弘はこの本を出版するに当たって大変苦慮していることである。やっとの思いで何とか出版にこぎつけたのだった。というのは、賢弘と養子先の北條家との間で確執があり、一悶着《ひともんちゃく》があったからである。

賢弘は、最初の『研幾算法』の出版では、北條家が喜んで、それも進んで出資してくれて刊行できたと思っている。つまり、快く出資してもらって刊行できたという強い思い入れがあったのである。言い換えるなら、この本の出版の時の北條家では、本を出すほどの優秀な男《こ》を養子に迎え入れて喜んだのだ。が、二冊目の『発微算法演段諺解』の時には、事情が一変していた。それというのは、本の出版には、多額の出資が強いられたからである。

賢弘から二冊目の本の出版の話を持ちかけられた時、養父は困り果てて〝考える〟と言って即答しなかった。というより、拒否したのだ。ところが、賢弘は養父に拒まれたものの、執拗にお願いして何とか出版できるよう説得し押し切ったのだ。賢弘の強引さに圧倒され、養父もとうとう観念したのだった。その時、改めて金のかかる男だとあきれ返ったほどだったのである。

賢弘が何とか出版にこぎつけてほっとしたのに対し、北條家のほうは賢弘のその強引さにあきれ返り、両者の仲は次第に悪くなっていった。つまり、賢弘にとって今回の出版は喜ばしい面があった一方、内心すっきりしないところがあった。

(三)

この年、孝和はこれまでの研究成果を一気にまとめる。

初秋の七月（文月）もまだ残暑が厳しい日が続いた。この時は『解隠題之法《かいいんだいのほう》』をまとめていた。

この時、御用の日に藩主綱豊に呼び出された。

綱豊に引見する時は、新たな情報がもたらされることが多い。恐れ多いことだが、その時、幕府が握った最新の情報が綱豊からもたらされるのが楽しみだった。孝和の立場では、なかなか知り得ない情報がもたらされたからだ。

綱豊が言う。

「先月六月二日に、ポルトガルの商船が日本人漂流民十一人をマカオから乗せて長崎に来航するという事件があった。幕府はオランダ以外は国交を禁じているので漂流民は受け取ったが、代わりに食料を与えて追い返したそうだ。その時、交渉に当たった長崎奉行配下の役人の報告によれば、表向きは漂流民の返還が目的のように見えるが、実際は日本との国交再開が主目的だったようである。というのは、この船には、優れた科学や数学の知識を持った宣教師が乗船していると伝えられたからである。彼らの間では、日本やシナへ渡来する際は、数学の知識を持った宣教師を同伴させることが大事で、さすれば内緒で江戸まで連れていってもらえるという情報が流布していたからである。しかし、長崎奉行は国法を盾に取って彼らの話を聞かず、頑として上陸させることはなかったということだ。だから、彼らからすれば、話が違っていたので当てが外れたということである」

孝和は、その時、綱豊公の話から、優秀な数学者が上陸する機会を逸してしまったのを大変残念がっているなと察知した。また、綱豊公は、西洋の優れた知識や技術を導入して取り入れ、そして国運を富ましたいと、つまり現在の鎖国の国策を転換しなければならないと考えているかとも思ったほどである。

しかし、この国法を解禁するのは到底考えられないことから、綱豊公の真意がどこにあるのか孝和には解《げ》せなかった。しかしながら、綱豊公は頭の良い方なので、殿自身に我々の考えに及ばない何か奇策を持っているのかも知れない、と思った。

と同時に、また孝和のような一介の者にどうしてこのような重要な情報を伝えたいのか、よく分からなかった。うがった考えだが、天文暦学では西洋のほうがずーっと優れているので、かの地の優秀な数学者を招いてその優れた数学を学んで取り入れ、そしてわが国の改暦に応用しようという心づもりがあって孝和に話したのかも知れない、とさえ思った。

しかし、それは分からない。その真意は、やはり綱豊公から直接聞かないことには分からないからだ。といって、孝和の立場から、直接藩主にそれを問いただすことはできない。で、この情報は外に漏らさずわが身にしまっておくほかないと思った。

この年には、孝和はこれまでの研究成果を一気にまとめ、最初のものは『解隠題之法』で、八月（葉月）においてだ。

これは、『揚輝算法』や『古今算法記』などの研究成果をまとめたもので、内容は天元術によって方程式を立て、その方程式の解き方を述べたものである。つまり、数字係数方程式を解く方法で、いわゆる西洋のホーナー（Horner, 1786～1837）と同じものである。しかし、ホーナーは一八一九年に初めて発表したのに対し、孝和のほうはこれより一三四年前の貞享二（一六八五）年に既に解を得ていたのである。

そこで、一般の方程式解法の実例をあげて示してみよう。

実（実数の項）	𝍥̸
方（一次の項）	𝍠
廉（二次の項）	𝍢̸
隅（三次の項）	𝍡

例えば、算木で数を表すと、上の通り三次の方程式である。実、方、廉、隅はその方程式の実数項、一次の項、二次の項、三次の項である。これを現代の数式で表すと、$-6+x-3x^2+2x^3$である。

孝和は、この方程式を次のように解いている。

商（根）2とあるのは、$x=X+2$と変換したことを意味する。そして、彼はこれを、ここでは三段に分けて考えている。

第一段では、〝商2を立て、隅に掛けて廉に加えると廉は1を得る〟と。つまり、

（商の2）×（隅の2）＋（廉の－3）＝1

とした。次に〝これに商2を掛け、方に加えると方は3を得る〟と。つまり、

（商の2）×1＋（方の1）＝3

とした。次に〝これに商2を掛け、実に加えると実は0を得る〟と。つまり、

商	実	方	廉	隅
2）	−6	1	−3	2
	6	2	4	
（第一段）……	⓪	3	1	2
		10	4	
（第二段）……		⑬	5	2
			4	
（第三段）……			⑨	②

（商の2）×3＋（実の－6）＝0

としたのである。これで第一段は終わり、第二段以下もこれと同様に行う。

これより、この式は実、すなわち実数が0になることから、$x=2$が商（根）となることが分かる。

一方、$x=X+2$と変換して得られる式は、

$13x+9x^2+2x^3=0$

となる。これで、この方程式は解けたことになる。

それから十一月（霜月《しもつき》）にまとめたものが、『開方飜変《かいほうほんぺん》之法《のほう》』である。そこには、方程式の解法と根《こん》の吟味、つまり正根、負根、根のない方程式の区別がなされていて、さらに判別式を作って極大・極小の入口まで論じようとしているなどである。これも孝和の画期的な業績である。

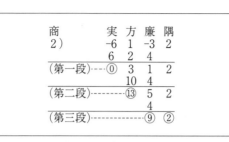

十二月（師走《しわす》）にまとめたのが、『題術辨議之法《だいじゅつべんぎのほう》』と『病題明致之法《びょうだいめいちのほう》』である。

前者は、当時は算学も幼稚であったため、誤った出題方法や誤った解法を述べている算者もいて、これらを吟味したのがこの本である。後者は、病題とは問題の出し方を誤ったもの、邪術とは解法の誤ったものを言い、前者の本の誤った問題を是正して正当な問題に直す方法を論じている。

『解見題之法』では、簡単な幾何図形が説明されており、さらに点竄術《てんざんじゅつ》の傍書法が初めて述べられている。傍書法の記号は加・減・乗の三つで、除の記号はまだ使っていない。さらに、「ピタゴラスの定理」（「三平方の定理」）のまた別の証明法をも示している。

孝和は、検地から江戸に戻ってからも相変わらず御用をばたばたとこなす一方、家では自らの今まで書きためていた算学研究の成果をまとめるのに腐心していた。孝和がそのまとめを急ぐのには理由《わけ》があった。

ここ最近、加齢に伴って疲れが蓄積し、それがなかなか抜け切らず、心身に不安を覚えるようになってきたからだ。不惑を過ぎ、その半ば頃から自らの身体の不調に気付き、しかもそれが長びき、衰えを何となく感じ始めていたからだ。それは、集中力や根気が以前にも増して長続きしないことが多くなってきたことによった。自分なりに一所懸命物事をこなしているが、心身に不安を感じながら頑張っている状態だったからである。しかしながら、この加齢に伴う心身の不安は自分の力ではどうすることもできなかった。

その一方、目に入れても痛くない娘多恵が昨年誕生した。これは、孝和にとって奮起する好材料であった。大いに励みとなり、力となった。家族の一員に、新たに人生で初めての血のつながったわが児ができてかわいくて仕方なかったからだ。それに、自身も彼女を溺愛し元気をもらっていた。

ところが、悲しいことに多恵は蒲柳《ほりゅう》の質《しつ》だった。しかし、それだからこそなおさら元気な児に育って欲しいと自身は熱望し、それなりに彼女のために頑張って手をかけ尽くしていた。とはいえ、一人娘の多恵が病弱だったことが逆に気になって、新たな悩みの種となったのは言うまでもない。

そんな中、十二月（師走）を迎えた。

早々の夕方に、賢弘が『発微算法演段諺解』が上梓《じょうし》されたと言って高揚し、上気した赤ら顔で孝和の屋敷に駆け込んできた。兄賢明はその後からついて来た。

賢弘が慌てて来たものだから、幸恵も驚いて玄関先で「どうしたのですか？」と聞くと、

「待ちに待った念願の『発微算法演段諺解』が上梓されました」

と、はあはあ息せき切って興奮しながらまくしたてた。

「それはそれは良かったですね。おめでとうございます」

とさらっと言って二人を孝和の部屋に導き、自身は下がっていった。

孝和は今までの算学研究をまとめているところだった。はあはあ言いながらやって来た賢弘の慌てた姿を見た孝和は、何事かと思い、即座に「どうしたんだ！　何かあったのか？」と問いただした。

孝和はとりあえず筆を置き、「まあまあ座りなさい」と言って二人を座らせ、賢弘が落ち着くのを待った。

そこへ幸恵が茶菓を持って入ってきた。幸恵はそれを二人の前に差し出した。孝和は「どうぞ」と勧めると、賢弘はよほど喉が渇いていたと見えて、「いただきます」と言って、お茶を一気に飲み干した。

賢弘が飲んでほっとしたところに、脇から幸恵が、

「本が出来上がったそうですよ」

と孝和に告げた。そして、幸恵は部屋を出ていった。

孝和もそれを聞いてちょっと驚くが、安堵し、賢弘の気持ちが自分にもよく分かるので胸が熱くなった。

「そうか、それは良かったな。賢弘、おめでとう。本が早く出来上がるのを首を長くして待っていたからなおさら嬉しいだろう」

「ありがとうございます。やっと出来上がりました」

「その本を持ってきたか？」

と孝和が聞くと、賢弘は風呂敷をおもむろにほどいて本を出し、彼の前に差し出した。まだ印刷した墨の匂いのする真新しい『発微算法演段諺解』四冊が眼前に差し出

された。

孝和は大事そうにすぐ手に取り、ぱらぱらと頁をめくる。第一冊は原本を復刻したもので、第二・第三冊は解説の一部にさっと目を通し、第四冊は自分の書いた跋文の所を改めて読み直して確認した。

孝和は賢弘に聞いた。

「この本は賢弘にとって二冊目の本だな」

「はい、そうです。私のような若い未熟な者が二冊も刊行できましたのも先生のご指導とお力添えによるものです。改めて先生に感謝申し上げます。ありがとうございました」

「いや、わしの力ではない。賢弘の優秀な頭脳明晰な才能によってもたらされたものだ。自らをあえて卑下《ひげ》する必要はない。この本は普通の算者には書けない代物で、大いに誇りを持って自らを褒めたら良い。それほどの価値を持った本だからだ。そして、この本が多くの算術家に読まれて和算の水準が高められたら、我々にとって願ってもないことで望外の喜びだな。とにかく、多くの算者に読んでもらえたらいいのだがな

「……」

「先生、私もそれを強く願っています」

「で、この本をじっくり読みたいので、ちょっと借りてもよいか？」

「いや、これは先生に寄贈するためのものです。これまでの先生の、私へのご指導に対する感謝の気持ちを込めた証《しるし》です。どうぞお受け取りください」

「もらっていいのか。それはかたじけない。ありがとう。改めてじっくり読ませてもらおう」

と言うと、孝和はすぐ立ち上がって部屋を出ていき、幸恵の下へ行った。

「ささやかだが賢弘の出版をみんなで祝いたいと思うので、済まぬが簡単な料理を作ってくれないか？」

幸恵に作ってもらって、三人は、その後、その料理を食べながら簡単な出版祝いを行った。

第十七章　長女の死　――荒木村英が算術塾を開く

（一）

　十二月中旬の慌ただしい日々を過ごしていたある日、賢弘の『発微算法演段諺解』を読んだという浪人が孝和の屋敷に突然訪れた。孝和は出仕していて不在だった。その慌ただしい中、用人の久留が対応した。粗末な身なりをしていて、年格好は四十歳代半ばで荒木村英《むらひで》と名乗り弟子入りしたいと懇願した。月代《さかやき》は伸び、不精髭《ぶしょうひげ》も長く伸ばし、目だけが異様に光り輝いていた。磯村吉徳《よしのり》や安藤有益《ゆうえき》などの著名な算術家の名前をあげ連ねたので、久留はてっきり彼らと知り合いかと勘違いしてうっかり座敷へ上げてしまった。

ところが、彼は図々しくそこにそのまま居座って帰らないのだ。こんな忙しい時にだ。久留はそこまで考えずに上げてしまったのを悔やんだ。久留にとっては客人に失礼があってはならないと思い、丁寧に対応したのが裏目に出てしまった。

しかし、久留はそれどころでなかった。多恵がたまたま呼吸器の発作を起こし、客人にゆっくり対応するような状態でなかった。下女のせつのほうは、室内を暖め湿気を増やすために湯を沸かしたり、額の手拭いを頻繁に取り替えたりなどして多恵の治療で屋敷内はごった返していた。久留は医者を呼びに行こうとしていたところだった。久留はとりあえず浪人と対応した後、息せき切って医者を呼びに家を飛び出していった。

そんなてんてこ舞いをしてるちょっとした後に、孝和が御用から戻ってきた。客人が来ているなと思ったが、そのまま居間へ行った。

孝和は、妻の幸恵に聞く。

「誰か来ているのか?」

「荒木村英という浪人が弟子入りしたいと言って来ています」

「聞いたことのない名前だな。知らない浪人だ。ところで、多恵の症状はどうなってる。大丈夫か？」

「久留とせつは、多恵が急に呼吸器の発作を起こし、それを抑えるため部屋を暖め湿気を増すためお湯を沸かしたり、医者に看てもらおうと思っているところに、突然浪人が訪ねてきて、不本意ですが久留がさっと対応し、その後、慌てふためいて医者を呼びに家を飛び出していったのです」

「娘がそんな緊急事態の時、浪人を家に上げるとはどういうことなんだ！」

とそんな事情を知らない孝和は、むっと怒りを露わにした。

幸恵は、それを受け流すようにして孝和に促した。

「多恵への対応は、こちらで何とかやり繰りしますから、荒木様との対応のほうをよろしく……」

と、孝和は、幸恵に促されて荒木のいる部屋へ行こうとした時、玄関先のほうでどたばたと大きな音がした。久留が医者を連れて戻ってきたのが分かった。

孝和は立ち止まった。

久留は、はあはあと大きな口を開け息せき切って、孝和の弟である医師の永行を連れて戻ってきたのだった。

孝和は、「ご苦労さん」と久留に声をかけ、弟の永行には「多恵の症状をよく看てくれ」と頼んだ。

久留は、「連れて参りました」と言って幸恵に預けると、そそくさと孝和の前に近づいていき頭を下げて謝った。そして、はあはあ言いながら早口で言った。その時、孝和は久留を静止して「慌てるな。落ち着け！」と言ってなだめた。少し間を置いてから久留がゆっくりと話し始める。

「多恵さんの症状があまり芳《かんば》しくなく慌ただしく対応している時、突然、浪人が訪ねてきて、それどころでなかったのですが、客人に失礼があってはいけないと思い、上げてしまったのです。先生が不在で家の中がごたごたして最初はお断りしたのですが、先生に直接逢って是非弟子入りしたいと執拗に迫ってきて、その時、賢弘殿の著書『発微算法演段諺解』を読んだとか、著名な算術家の磯村吉徳や安藤有益などの名前をあげたりしましたので、てっきり先生のお知り合いかと勘違いして上げてしまったのです。そしたら、そのまま上がって居座り続けて帰らないのです。本当に申し訳ありませんでした」

「いや、おまえは娘の発作への対応で忙しく立ち回っている中での来客で、気持ちはそれどころでなかったはずだが、そのどさくさに紛れて浪人を家に上げてしまったのは大変まずいと思ったけれど、おまえの話を聞いてその真意がよく分かった。この後のことは、わしがその浪人に対応するから心配するでない。気にするな！　それより、幸恵の指示に従って娘の治療の際の用立てに動いて快方に向かわせてくれ！」

「はい、承知しました」

と言って久留は引き下がり、孝和は浪人のいる部屋へ行った。障子を開けて部屋に入るなり、

「大分長らくお待たせした」

と声をかけると、荒木が恭しく頭を下げた。

「このたびは、家が立て込んでいるご様子の中、突然お伺いして申し訳ございません」

「ところで貴殿は、わしのところに何用で参ったのだ？」

「つい最近刊行されたばかりの建部賢弘著『発微算法演段諺解』の本を購入して読み始めましたところ、難しくて分からず、先生の下に弟子入りして勉強したいと思って参りました」

「貴殿の意向は〝相分かった〟。しかし、わしは今弟子を取っていない。それに、わしの娘が今、病状がすぐれずゆっくり貴殿と話をするような状況でない。だから、今日はお引き取り願いたい」

と頑と言って断り、荒木を帰した。

荒木は長く待たされた上、すぐ帰され、仕方なく渋々帰ったのだった。

孝和は、それよりかわいい娘多恵の病状のほうが気になって、心配で彼女の寝ている部屋へ行った。そこで、幸恵と永行が対座して話している。多恵は、二人の話す脇で何事もなかったかのようにすやすや寝ている。そこへ、孝和が入って加わった。

多恵は、年頃から這い這いから伝え歩きをし、一人立ちできる時期だった。つまり動き回ってじっとしていないで目が離せない時期だったが、彼女は病弱だったこともあり、動きも鈍く少ない上、元気さを欠いていた。

今回は熱もあり、咳き込んで胸をぜいぜいさせ、時折吐いたりなどし、夜なども目覚めが早く眠りも浅くぐずることが多かった。

幸恵は、多恵の症状を永行に説明してから看てもらった。永行は、額を触ったり、脈を取ったり、口の中を見たり、着ている物を上にあげて上半身を裸にして手や指で触ったり、叩いたり、押したりなどして診察した。額は熱があってあつく、脈は速い上、喉も腫《は》れているなどからして「風邪を大分こじらせてるな」と幸恵に伝えた。

そこで、どうしたら良くなるか、快方への手立てについて話し始めたところに孝和が入室してきたのだ。入ってくるなり、娘の容態が心配ですぐ弟の永行に聞いた。

「多恵の診察結果はどうだった?」

「熱もあり、喉もかなり腫らしたりなどしてるし、風邪を大分こじらせているな」

「それでも咳き込みがひどく息苦しくしてるなら、看病はどうしたらいい?」

「冬で寒いのだけど、室内を時折換気してほこりを立てず、しかも部屋を暖め湿度を適度に保って快適にしておくのが大事なんだ。また、咳き込んで苦しんだりしたら、上体を起こして抱いたり座らせたりするのもよいし、それに水分を十分に与え、遊び相手をしてやるのも気分を和らげるので効果があると思う。人間には元々自力で治す力があって、それを習慣づけておくのが大事で、平素から日光の下で活発に遊ばせるなどして身体を動かすことが大切なんだよ。そうすれば、大きくなり次第に体力がついてくるにつれて自然と治ってくるんだ」

「相分かった。永行が言うようにこれから実践してみるよ。熱が下がり、喉の腫れが引き、それにひどい咳き込みや嘔吐などがなくなるよう頑張ってみるよ。それでもなかなか娘が良くならないようだったらまた呼ぶから、その時にはまた来て看てくれ！」

と頼んで、永行は帰っていった。

多恵は、蒲柳《ほりゅう》の質《しつ》ゆえ治りも悪く、なかなか好転しなかった。

それから五日ほど経って孝和がたまたま在宅の時の午《うま》ノ下刻（午後一時）に、荒木村英が再び訪れた。先日は弟子は取らないと断って帰したにもかかわらずにだ。

彼のこの突然の再訪は、孝和が推し進めていた算学研究がそこで中断されてしまい惜しくて大変悔やんだ。というのは、来るのを全く予期していなかったからだ。といって訪れたのを無下に断るのも失礼だと思い、不本意ながら彼を屋敷に上げた。

幸恵が茶菓を運んで、荒木に挨拶してすぐその場を離れた。

孝和が「どうぞ！」と促すと、荒木は腹が空いているのか、すぐに茶菓に手をつけ、美味しそうに口にした。遠慮せずに食べている彼の姿を見た孝和は、幼児が何も食べていない状態の中で食べるような、品のない食べ方をする男に悪い印象を持った。身なりが粗末な上、躾もされていない貧相な育ち方をしているように感じられた。だが、待てよ、もしかすると外見とは異なり、逆に力のある算術家かも知れないと思い直す。言い換えれば、彼と知り合っておくのもいいかなと思い直したのだった。孝和の優しい一面が、その時一瞬顔をのぞかせた。

荒木は他家に来て、しかもこれから師と仰ぐ人に向かって恥じらいもなく図々しく自分のほうから口火を切った。

「わしは算術が好きで是非究めてみたいと思い、それなら江戸で著名な算術家として名高い関孝和先生の下に入門し、弟子入りして精進してみようと思い立ったのです。関先生のお噂はかねがねお伺いしていまして、誰もが江戸一番いや日本一の大変優れた算術家だと言うのを聞き及んでいて、それなら是非そういう方にご指導を賜って精進してみたいと思ったからです。それゆえ、拙い者ですがどうか先生の弟子にしてください」

と孝和を褒めちぎって、弟子入りを強く懇願し頼み込んだ。

しかし、孝和は荒木の心底を測りかねていたが、現状では弟子として受け入れる心境でなく、再度柔らかい口調で断った。

「今、御用が多忙を極めており、弟子を取って教えるような暇《いとま》はない。その上、私生活でもわが娘が蒲柳の質でそちらも手を離せない状態で、弟子を取るどころではないのだ。とにかく、弟子を取って教える余裕はないので、お引き取り願いたい」

二人の間でその問答を何回か繰り返した。それでも荒木は怯《ひる》まず、執拗に頼み込んだ。

「私のたってのお願いです。是非弟子入りさせてください。弟子入りさせてくれるまでここを離れるわけにはいきませぬ」

と、頑と固辞して立ち上がらない。

そんなやり取りをしている丁度その時、賢明・賢弘兄弟が訪ねてきた。

荒木と孝和がしかめっ面をして無言で対座している時、幸恵が部屋に入ってきて、

「今、お客様がお見えになりました」と告げに来た。

孝和は、「ちょっと失礼！」と言って立ち上がり、席を外して部屋を出ていった。

玄関先に賢明と賢弘がいた。孝和は言った。

「丁度いいところに来てくれた。荒木という浪人が弟子にしてくれと訪ねてきて、『駄目だ』と断るが一向に帰る気配がない。帰すのに苦慮しているところだ」

と言うなり、血の気の多い賢弘が憤慨して、

「私が追い返しましょう」

と、孝和の制止も聞かず、上がって荒木のいる部屋にそそくさと行った。

長身な上、剣道で鍛えた逞しく大柄な身体の賢弘が、「帰りなさい！」と一喝するが、荒木は一向に動こうとせず、帰る気配がなかった。業《ごう》を煮やした賢弘は荒木の後方に回って羽交《はが》い締《じ》めをし、また「帰りなさい！」と言って強引に追い出す。が、それでも荒木は必死になって抵抗し、「何をするんだ！」とわめき散らすが、賢弘の力

ずくには到底かなわず、外に追い出された。それで、仕方なく観念して帰っていった。

賢弘は、師の孝和に向かって逆に諭した。

「先生はお優し過ぎます。駄目なものは駄目だともっと頑としてお断りしなければ……」

孝和は苦笑いして言った。

「そうだな。今回は二人が来てくれたお陰で助かったよ。ところで、今日は何用かな？」

「先生の娘さんが具合が悪いと聞いて心配でお見舞いに伺いました。それと年の瀬でもあり、この一年間先生にお世話になり、それと念願の二冊目の著書も刊行できたことに対するお礼を兼ねて参りました。今年一年は私にとって本当に良い年でした」

「わざわざ気を遣ってくれどうもありがとう。家族の者が献身的に看てくれているお陰で娘の病状も膠着《こうちゃく》状態で好転していないものの、元々病弱な身なので何とか良くなって欲しいと願っているところだ。それはさておき、賢弘がこの一年大変良い年だったというのは本当に良かったな。人生で良いことなどそう滅多にないからだ。大体、悪いことのほうが多いものだ。これも賢弘が実力があり、その上、運をも味方につけているからだ。しかし、考えてみると、この運を引き寄せるのも大変難しいことで、それを引き寄せている賢弘は本当に素晴らしい。とにかく、おめでとう」

すると、兄の賢明が「遅くなりましたが……」と言って孝和に、お見舞いを兼ねて一年間世話になったお礼の品物を渡した。そこに、幸恵が茶菓を運んで二人の前に差し出した。その時、「娘のお見舞いを兼ねてお礼の品物もいただいた」と言って、幸恵に渡す。「ご丁寧にありがとうございます」と言って受け取り、幸恵は引き下がった。

　建部兄弟も師の娘さんの病状が膠着状態だが、とりあえず状況は聞けたからか、長居せずに帰っていった。

　それからも荒木は諦めきれないのか、孝和の出仕の有無にかかわらず、それでも懲《こ》りずに関邸に訪れる。

　孝和が出仕している時は、幸恵が対応する。幸恵は、娘の症状がよくなかったので、荒木の来訪に苦虫をかみつぶし、頭を抱えて苦慮していた。彼の来訪は歓迎しなかった。だが、来るなと口に出しては言えないので、なおさら頭が痛かった。

幸恵は、孝和が御用の時、「主人は御用で不在です」と言って帰すが、ある時、荒木の職業を尋ねると、「今は浪人で食い詰めている」と聞いて驚いた。

そんな状態でどうして弟子入りを希望するのか、幸恵には解《げ》せなかった。が、それを聞いた幸恵は、生来の心優しい一面が顔をのぞかせ、かわいそうだと思って下女のせつに食事を作らせ、食べさせたのだ。荒木は、その時、喜び勇《いさ》んでがつがつ食べて帰っていった。

幸恵は、夕餉時にそのことを孝和に話す。

「あなた、例の浪人の荒木さんがまた弟子入りしたいと訪ねてきたの。その時、何の気なしに職業を尋ねたら、『浪人で食い詰めている』と聞いてびっくりしたわ。それで、かわいそうだと思って軽い食事だけど差し上げたら、美味しそうにむしゃむしゃ食べて帰っていったわ」

「ほおー、そんなことまでしたのか。それはちょっとやり過ぎだと思うがね……」

と平然と、だが、ちょっと腑に落ちないような仕種を示した。

すると幸恵が、

「弟子にはできないけど、多恵の症状が芳しくないので少し下働きでもさせてみたらどうかしら？」

と何気なく問いかけると、孝和も頷いた。

孝和が年末の非番の日の昼下がり、荒木がまた訪ねて来た時、部屋に通して自ら対応した。

「御主《おぬし》は、どうしてわしの下に弟子入りしたいとそんなに望むのだ？　家内の話だと、御主は浪人で食い詰めているというではないか。それより自分の暮らしのほうが大事で、それを探すほうが先決ではないのか？」

「わしは算術が好きで先生の下で算術を勉強して力をつけ、そしてゆくゆくは江戸で算術指南で開塾したいと思っています」

「そうか。その志は立派だ。だが、御主には前から言っているように諸事情から弟子にはできないが、わしの家で少し下働きでもしてみるか？　たまに用がある時だけだが、もちろん嫌なことでも何でもするという条件の下でならだが……」

「ええ、結構です。喜んでさせていただきます。何なりと言ってくだされればやります」

「では、明日辰ノ下刻（午前九時）に来てくれ！」

「承知しました」

その頃、孝和と幸恵は、かわいい一人娘の多恵の症状が一進一退を繰り返してなかなか好転しないため、それに時間を割《さ》かれ、頭を抱えて悩んでいた。それで、孝和はそのことで頭がいっぱいで肝心の藩の御用や自ら推し進めていた算学研究にも頭がなかなか回らず、手につかなくなっていた。その上、年末の大掃除や正月準備のほうも疎《おろそ》かになり、用人の久留や下女のせつだけでは対応しきれず、荒木の助力を仰いだのだ。

荒木は、たまには孝和から、日頃は幸恵の指示に従って多恵の治療のための用立てや年末の大掃除、正月準備の雑用などに精を出し、飼い犬の如く忠実に動いて仕事をした。二人も荒木が来てくれて助かった。

そのような中、貞享二（一六八五）年から貞享三（一六八六）年へと年が改まる。

病弱な多恵の症状は、医者で松軒と名乗る、実弟の永行が度々診察に訪れた。薬石などを飲ませ万全を期してみたものの、年末に引いた風邪で嘔吐は度々、熱も一向に下がらず好転の兆しは見られなかった。そして正月（睦月）十六日、呼吸不全であえなく亡くなってしまった。

その日の午前中、幸恵が部屋に行ってみると多恵がぐったりしていておかしいと思って孝和をすぐに呼んだ。そして用人の久留を使って実弟の永行の下に至急呼びに行かせた。永行もすぐ駆けつけてきて診察した。腕を取って脈を診るがなく、「御臨終です」と二人に告げた。

孝和も幸恵も、その言葉を聞いてあまりの衝撃で最初はぽかんとし声も涙も出なかった。ただ呆然とその場に座っていた。が、しばらくして幸恵が急に多恵の小さな亡《なき》骸《がら》のそばに行き、「どうして亡くなるの！」と大声を上げて何回となく揺さぶって叫び、取り乱した。そして大粒の涙を流して、「何で死んだの！」と何度となく繰り返した。

孝和も、自らの腹を痛めた幸恵の気持ちもよく分かるので、ただ呆然と妻を見ていた。妻のその姿を見ていて、孝和にもその気持ちが伝わり、もらい泣きではないが、自然と目に涙が溢れ出てきた。妻の悲しい気持ちが痛いほどよく分かるからだ。

幸恵は娘を失った悲しみに、際限なく涙が溢れ出た。やがて身体を震わせ喉の奥から妙な声を発し嗚咽《おえつ》し始めた。その脇に座っていた孝和は、妻を不憫《ふびん》に思い、妻の身体を強く抱擁《ほうよう》して慰めた。が、その嗚咽は止まらなかった。

目に涙をいっぱい浮かべていた孝和も、眼前のこの世でたった一人の、血を分けた小さな娘の亡骸を見て、寂寞《せきばく》とした思いにかられ、虚《むな》しさが一層込み上げてきた。

その時は実感できなかったが、多恵を失ったのは、孝和のこれまでの人生で最も大きな衝撃的な出来事だった。その悲しさは到底言葉で言い表せないほど衝撃的なものだった。頭を強力な鉄槌で打ちのめされた瞬間だったからである。

その上、これまで自らの生育歴から、家族という思いや意識も少なかった孝和にとって、短い期間であるが、生まれて初めて血を分けた娘の多恵が誕生して一緒に過ごせたことで、家族の良さや幸せ・素晴らしさというものを初めて知った。わが人生で至福の時間となったのは確かである。が、その彼女が亡くなってからは、これからどうしたらいいか、人生の張りや生きがいを失って虚しくなっていった。

しかし、孝和は、その亡くなった時点では娘の葬式が間近に待ち受けていたので、悲しんでばかりいる暇はなかった。亡くなった二日後の正月十八日、養父の眠る牛込七軒寺町浄輪寺で葬式を執り行い埋葬した。戒名の〈妙想童女〉は、法名が二字で号を童女とするのは幼くして死んだ子供を意味する。

（二）

孝和は、前年（一六八五年）のうちに算学研究に関する成果はほぼすべてまとめ終えていた。が、あと天文暦学に関するものが少し残っていた。血を分けた唯一の娘多恵を失い途方に暮れていた孝和は、著述に専念してその悲しみから逃れていた。

一月（睦月）末に『関訂書』をまとめた。これは、黄鼎《こうてい》の纂定《さんてい》した『天文大成管窺《てんもんたいせいかんき》輯要《しゅうよう》』（順治九〈一六五二〉年）全八十巻のうちの十五条に関孝和が訓点を施した書である。すなわちこの書は膨大な上に読むのが難しく、その漢文を日本語式に読めるように送り仮名を付けたり、返り点を使ったり、訂正を加えたりなどしたものである。巻末には、詳細な解説書である『天文大成諺解』をも付けた。

この天文大成の原文は甚だ簡単であるが、当時その計算の筋道を追うことのできたのは関孝和だけである。あの授時暦を改訂して貞享暦を作り、日本人の手で最初に暦法を作った渋川春海でさえ、谷秦山《じんざん》によると理解できなかったと告白している。

一方、外見からでは分かりにくいが、幸恵の精神的な落ち込みは相当なものだった。自らの腹を痛めた娘が亡くなったのだから、誰だって親なら茫然《ぼうぜん》自失《じしつ》の体《てい》に陥るのは致し方ないことだった。その上、家の中での諸々の決断というのは、最終的には男がするにしても、日頃、実際それを取り仕切っているのは女のほうである。そのため、自身の娘の亡くなった心痛ばかりでなく、日頃、女房としてやらねばならない仕事も多いためストレスもたまっていき、気の休まる暇は少なかった。

しかしながら、幸恵は武士の娘だったことから表面的には、日頃は気丈な言動や振る舞いを見せていたけれど、心底はどことなくもの悲しい感じを受けた。幸恵のその気持ちを察していた周囲の者たちも、その影響を知らずに受けていて、家の中での雰囲気や空気というのはどことなく重苦しく暗かった。

その雰囲気を何とか打開しようとして、孝和は自身の算学研鑽ばかりに打ち込むのではなく、幸恵にも心優しく接してできるだけ声をかけ、そしてその落ち込みをいくらかでも和らげようと腐心した。そのため、久留や下女のせつにも、寂寞とした思いの幸恵の心を慮《おもんぱか》って細心の注意を払って接するようにとやんわりと伝えていた。

しかしながら、周囲の者は彼女の早い立ち直りを期待したものの、すぐには功を奏さず、ずるずるとその状態は続いていた。そして、それは半年以上も続いた。結局、最後は時間が解決してくれるものと思ってそれに委ねたところがあった。

この年、桜田の屋敷では、孝和にとって思いもかけない意外な人事があった。孝和の上司で世話になっていた山口直矩が家老職を免じられ、寄合となった。これにはびっくりした。改暦作業などで彼から発破をかけられ、厳しい指導を受けたけれど、ここ二、三年は体調がすぐれず、登城の機会も少なくどうしたものかと気をもんでいたところだった。引退するには少し早く、年齢も四十五歳だった。ただ山口には綱豊を将軍にするという野心があって、そのため言動が先鋭的になり過ぎたところがあった。

それで、周囲からひんしゅくを買っていたのである。

孝和は今回初めて知ったことだが、改暦作業で渋川春海に先を越された時、山口は綱豊に孝和の断罪を進言したらしいが、綱豊の裁断によってそれは何とか逃れたという。人事については全く取りつく島もない立場だったので、そんなことがあったかと後から知って驚く。ただよく考えてみると、自らの御用に厳しく対処していたつもりであったが、まだまだ自分自身の考えが甘かったと自省するのだった。

綱豊は、山口のこのような言動に不穏なものを感じ、そこでこのような早めの処置を講じたようである。といって、その辺の詳しい事情を知らない孝和にとって、山口に対し特に不快感を持ったり、恨んだりという気持ちなどは毛頭なかった。

この人事により孝和は直属の上司を失い、綱豊の直下に入った。算学の御進講も月一回の役目に加えられ特別な存在になりつつあった。その時、小姓の間部詮房も二十一歳の若さで奏者番《そうじゃばん》に執り立てられた。これは、年始や五節句などに綱豊に拝謁する際、取次や下賜物の伝達を行う職である。その際、綱豊への進言が他の家来の前で堂々と落ち着いてなされたので、周りから彼のその優れた見識が認知され出した。

進取の気性に富んだ開明的な綱豊は、孝和の進言や詮房の後押しもあって西洋の知識も次第に増えていった。毎年三月のカピタン参府の際には、必ず藩邸に招いて西洋の話を聞き、彼らの持参した珍しい文物をも見たのだった。

（三）

荒木村英は、多恵が亡くなった後、関家が喪に服しその悲しさに浸っていることを考慮し、関家に顔を出すことはなかった。しかし、七月（文月）の初盆が終わってから顔を出そうと思っていた。

中秋の八月（葉月）に入って、炎天が去って一陣の涼風が吹き抜ける昼下がりにこっそり顔を出した。

孝和は御用の日で不在だったので、幸恵が対応する。幸恵は、荒木のその後のことが気になっていた。彼の久しぶりの来宅でもあり、部屋に上げて対応した。

荒木は多恵の亡くなったことについては一切語らず、孝和の算学に関することなどを問いただそうとしていた。が、まず幸恵が口火を切って聞く。

「荒木様はこの前来られた時、食い詰めていたと話されていましたが、その後どうなさいましたか？」

「御新造様には、その節はいろいろお世話になりました。つい最近になってようやく手習いの私塾を立ち上げました。そこに、近くで商いなどをしている子女が数名入塾してきました。が、それだけでは暮らすのは大変です。そこで、私自身算術が好きなこともあって、それを勉強してさらに付け加えて教えたいと考えたのです。この算術の私塾を開くのが私の夢でもあるのです。で、たってのお願いですが、御新造様から、私を是非弟子にしてくださるようお願いしていただけませんでしょうか？　よろしくお願いします」

荒木は今の自分の現状を正直に説明し、そして幸恵に強く訴えた。が、幸恵はじっと黙って聞いていて即答を避けたのだった。

荒木は、幸恵からの返答を待っていたが、一向にないので業を煮やしたのか、

「とにかく、よろしくお伝え願いますよ」

と、再び念を押す。

それでも幸恵は黙っていた。大分経ってから、ようやくおもむろに重い口を開いた。

「……分かりました。荒木様のその思いをお伝えしておきましょう」

とだけ伝えて、それ以上のことは言わなかった。

荒木は、幸恵があまり話したくなさそうだったので、そこにいても意味がないと思い、観念して帰ることにした。荒木としてはとりあえず了承を得たということで、関家を後にした。

荒木が関家を訪れるのにはそれなりの理由があった。荒木は算術の私塾を開くのが夢であった。それを何とか実現させようと思っていた。今は赤貧洗うが如しの暮らしであるが、ゆくゆくは開塾して自らのその後の暮らしの糧にしていこうと考えていたのだ。しかし、幸恵がなぜその弟子入りの話をするのを快く思わなかったのか、合点が行かなかった。「なぜだろう?」と考え続ける。それが脳裏から離れることはなかった。

その日は、孝和は申《さる》ノ下刻（午後五時）の遅い帰りだった。

幸恵は、夫の普段着への着替えを手伝ってからすぐ夕餉の準備に取りかかる。孝和は書斎に直行し、天文暦学のこれまでの研究の続きを行う。しばらくして夕餉ができ、書斎に行き声をかけた。

幸恵がまず聞く。

「今日はお茶漬けにしますか?」

「しばらく食べていないから久しぶりに食べようか」

幸恵は、急須にお茶の葉を入れお湯を注いでしばらく置く。そして、飯を茶碗に盛ってお茶を注ぎお茶漬けにして渡す。

孝和はまず香の物に箸をつけ、そしてお茶漬けをすすりながら口にする。それもあまり噛まずに流し込んだ。

「さっぱりして美味しいぞ」

と言われて、幸恵はまんざらでもなさそうににやっと笑みを浮かべて、「それは良かった」とほっとし胸をなで下ろす。

幸恵は、今まで夫からそんなことを言われたことがないので、何となく面映《おもは》ゆい。

すると、孝和も珍しく、「もう一杯！」とお代わりを要求する。お茶漬けにして渡す。

孝和がお茶漬けを口にした時、幸恵は、今日荒木が来たことをやおら話し始める。

「実は今日、荒木様がまた久しぶりに顔を出されました」

ご飯を喉に流し込むと、「そうか。彼は何用で参ったのだ」と聞く。

「今まで同様、弟子入りを是非にとお願いしに来たのです」

「それで、どう答えたのだ」

「黙っておりましたが、執拗に何度もお願いされて、仕方なく主人にその旨を伝えておきますと答えたのです」

「あれだけ駄目だと断っているのに本当にしつこい男だな。これだけしつこく来るというのは、その裏に何か理由《わけ》でもあるのだろう？」

と何気なく呟《つぶや》く。

「荒木様は、その時、算術の塾を開きたいと自身の夢を語っておりました」

「そうか。ここずっーと来なかったのでやれやれと思っていたのに……」

と、半ば荒木を敬遠するような言葉を発した。そこで、幸恵がさらに聞く。

「また、彼が来ましたらどうしますか？」

「わしがいればわしが対応するが、いなければ〝駄目だ〟と言って断っておきなさい」

「はい、承知しました」

と幸恵が言うと、孝和は自分の書斎に戻った。

それから、半月ほど経った休日のどんより曇った昼下がりに荒木が訪れた。その時、孝和が在宅だったので部屋に通した。幸恵は、夫がいて助かった。荒木も孝和本人がいてほっとする。直接、本人に自分の思いを訴えることができるからだ。

孝和が、まず聞く。

「久しぶりだな。娘の件では、貴殿には世話になったな。今日は何用で参った⁉」

「前回お伺いした時、先生の下に弟子入りをしたくご新造さんにその旨をお願いしたのですが……」

「その件についてか！　前から貴殿に話したように、弟子を取らないと言っておるではないか。だから駄目だ」

「そんな冷たいことを言わず、たってのお願いですから何とかなりませんか？　弟子入りをして算術の勉強をし力をつけたいと思っているのですが……」

　と頼み込んだ。

「貴殿もしつこいな。駄目なものは駄目なんだ」

とぐっとこらえ、語気を和らげて突っぱねた。

　両者の間に緊迫した空気が走る。

しかし、荒木はこんな場面でも怯《ひる》むようなことはなかった。さらに頼み込んでも全く意味がないと思い直し、頭を切り替えて話題を変えた。

「私は算術が好きで、先日もご新造さんにもお話ししたのですが、算術の塾を開くことが夢なのです。多くの人たちにそれを教え、広げて普及させたいと思っているのです」

　孝和も、荒木のその前向きな考えと姿勢に共感し、少し考え始めた。そして、ちょっと間を置いてから答える。

「弟子にはできないが、そんな算術が好きなら自分で勉強して分からない点などあったら教えることにはやぶさかでないが……」

と快い返事をした。

孝和は、荒木に少し好感を持ったのか、さらに彼の算術の力がどの程度なのか知るため、続けて聞く。

「で、開塾したいというなら、今までどんな算書を読んで勉強してきたのだ」

「吉田光由《みつよし》の『新編塵却記《じんこうき》』を読みその内容を理解していくとその算術の面白さを知ったのです。さらにその内容をもっと深くかつ幅広く知りたいと思って『算学啓蒙』や『算法闕疑抄《さんぽうけつぎしょう》』などを読み始めたら、今度は天元術などが出てきて難しくよく分からなくなってきたのです。そこで、算学者として江戸一番の評判が高い先生の下に弟子入りして勉強し、それらを理解し実力をつけていこうと思ったのです。それから塾を立ち上げ、多くの人たちにそれらを教え、広めていきたいと思うようになったのです」

「ほう、それは立派な志だな」

と孝和は褒めたものの、内心ではこの男は口達者で狡猾なところが見受けられ、野心家ではないかと訝《いぶか》った。今、荒木は確かに浪人で食い潰している状態であるけれど、自身が暮らしていくには好きな算術で身を立てようと考えているのはよく分かる。しかしながら、彼から話を聞く限りでは、確かに算術の計算力についてはありそうだ。理論的な面の力はまだ不十分で、果たして開塾して他人に教えられるだろうか、と疑問を抱いたのである。だが、よく考えてみると、それらのことは孝和自身が考えることでない。開塾の有無については、本人の意思によるからだ。

そうとはいえ、荒木は、孝和に弟子入りを是非にと頼み込んだものの、断られてしまい、がっかりして肩を落とし帰っていった。

しかし、荒木はそれでも関家の訪問を諦めることはなかった。彼が何回も執念深く訪れるのには、それなりの理由があった。

彼は手習いの上に算術の塾を開くのが夢だが、自身孝和の弟子だと言って開塾し、ゆくゆくは自分の暮らしを安定させたいと考えていたからだ。江戸随一いや日本一との誉《ほま》れ高い算学者である関孝和の弟子だと吹聴して開塾すれば、多くの人が集まって塾が栄えると踏んでいるところがあった。その背景には、江戸幕府が安定してモノの流通が盛んになり、貨幣経済が行き渡ってくれば、算術の需要が増していくと読んでいたからである。

それからは、関家を訪れた時には、弟子入りの件を口にすると嫌がられてしまうので封印した。それで、自分の興味関心のある算術・算学のことや孝和の研究内容などのことについて問いただした。開塾するには、算術だけでなく理論的な算学のほうの力もつけて高めていかねばならないと思っていたからだ。だから、日頃から算学方面にも力を入れ地道に勉強していくことは怠らなかった。

しかし、荒木としては、その前に日々暮らしていかねばならない。暮らしが最優先となる。それにはわが身の現状を考えねばならない。

今ようやく「九尺二間の裏長屋」の狭い部屋に住み、そこで手習いを個人指導して何とか食いつないでいる。近くに住む子女数名を相手にして教え、何とか細々と暮らしている。

しかし、これだけではその後のことを考えると長続きはしない。つまり、暮らしを安定させるためには何か特色を出さねばならない。でなければ、子女は集まらないだろうと考えたのだ。

そこで、目をつけたのが、自身が算術が好きでそろばんができるということだった。この手習いにさらに算術を加えて教えたら面白いだろうと思い立ったからである。そして、熟慮して悶々として意を決するまでには相当の時間がかかった。

しかしながら、時代を先取りして算術を教えるにしても自身が全く無名なので、たとえ立ち上げても子女が集まることはないだろうと思った。やはり、江戸でその方面で実績があり、高名な算学者についてその弟子だと銘打って開塾しなければ、多くの子女を集めることはできないだろうと踏んで関孝和の門を叩いたのである。

ところが、荒木は、関家の邸《やしき》を何度も訪れて弟子入りを頼み込んだけれど、その都度断られてしまい、がっかりして帰るしかなかった。どうして弟子入りが駄目なのか分からず考え込み、そして自暴自棄になったところがあった。

そんな夢のかなわない悶々としたしっくりいかない状況の下で月日は経過していき、年が改まる。

貞享四（一六八七）年になった。

年が改まって気持ちも新たになった。

弟子入りが駄目なら、次にどうしたらいいかを考える。そこで思いついたのが、孝和の邸に再び通い続けて彼から算術・算学の指導を受け、そして彼の門下生になればいい、と思い及んだのである。つまり、彼の門下生になって開塾すれば良い、と思い至ったのだ。

そのためには、孝和から門下生だと了承を得ることが肝心である。そうすれば、開塾しても筋が通っている上、彼の面子《めんつ》をつぶすこともないからである。

意思が固まった後、〝善は急げ〟で彼から指導を受けるためまた彼の下に通い始めた。

一月（睦月）下旬の冷え込んだ小雪がぱらつく昼下がりに、荒木は関家を訪れた。孝和は在宅していて応接間に通される。

両者が対面すると、孝和がまず口火を切る。

「つい先日年が改まったと思ったら、もう下旬だ。最近は、本当に月日の経つのが早く感じられるようになった。これも齢を取ったからだろうか？　それはさておき、貴殿が見えられたのも久しぶりだな！　元気そうで何よりだ」

「ええ、お陰さまで何とか元気に暮らしております」

「それは良かった！　で、貴殿が前に言っていた例の『算術（そろばん）塾』のほうはどうなった？」

「ああ、その件ですが、まだ開塾はしておりません。開塾するには、先生の了承を得てからだと思っているからです。昨年、先生の所に何度かお伺いして〝弟子入り〟をお願いしても断られました。そこでまた、先生にお願いしたいことがあって参りました」

　と、やおら聞く。

するると、孝和は少し時間を置いてから、「……それは何だ」と問いただす。

「弟子が駄目だったら、先生の門下生になってその下で開塾したいと思っているのですが……」

　と、孝和に遠慮がちに頼み込んだ。

　荒木は、関家の邸に度々訪れ、孝和から算術・算学の指導を受ければ門下生になれる、と踏んで頼み込んだのだ。

ところが、孝和は一瞬返答に窮し、けげんな顔をした。弟子が駄目だと断っているのに門下生ならいいとは言えなかったからである。

孝和も、いろいろ考えを思い巡らす。結局、荒木自身の、これまでの言動にどうしても信頼が置けなかったことが頭から離れず、とらわれていた。口達者で謙虚さに欠ける上、算術・算学の力もそれほどあるとは思えず、それに野心的なところがあって、孝和としてどうしても受け入れることができなかった。つまり、荒木が孝和の門下生だと語って教えても、安心して教えられるとは思えず、孝和自らの沽券《こけん》にもかかわってくると思ったからである。だから、孝和はきっぱりと断った。

「貴殿に弟子入りを認めていないのだから、もちろん門下生にすることもできない」

それを聞いた荒木は、最初自身の耳を疑い、孝和の言うことが解《げ》せなかった。狐《きつね》につままれたような気分だった。ぽかんとし納得できなかった。実際、孝和から算術・算学の指導を受けているのだから門下生ならてっきり認められるとばかり思っていたから、本人が一番驚くと同時にショックも大きかった。きょとんとしまさかと思った。

孝和から心外なことを言われ、その落胆ぶりは計り知れないものだった。

そして、肩を落とし意気消沈し、足が棒のように重く感じられ、歩くのがままならない状態だった。そして、重たい足を引きずりながら関家を後にした。

それからというもの、荒木はどうしたらいいか分からず悶々として過ごした。

関家に何度も訪れ懇願しても断られるというのは、自分のどこがいけないのか、また気にくわないのか、その受け入れてもらえない理由がよく分からなかった。それでも、どうしたら開塾できるかと前向きに考えたものの、いい考えは思い浮かばなかった。つまり、ずっと考え続けたけれど、なぜなのか皆目見当がつかず、しっくりいかない日が続いたのだ。

そんな初夏の四月（卯月）上旬のある日、植物が大地の息吹きをもらって生き生きと生長し新緑が映えている時期の早朝に目覚めた時、はっと脳裏をよぎるものがあった。それは、これからわが身が暮らすのにどうしても今までの手習いに、さらに好きな〝算術（そろばん）塾〟を加えて、孝和の意に反するけれど、彼の邸にたまに伺って指導を受け、孝和の門下生だと偽って開塾しようと改めて思い至ったのである。

この開塾の意志が固まると、次にそのための開塾場所をどこにするかと考えた。それには多くの子女が集まりそうな場所、つまり日本橋界隈を探すことにした。

八月（葉月）の仲秋から日本橋界隈とその周辺を探し始める。そして十一月（霜月）仲冬の上旬に、南鍋町《みなみなべちょう》（銀座五丁目）に追い求めている広さの空《あ》き店《だな》を見つける。早速、その空き店の長屋の一画に住む大家を訪ねて、店内の造りなどをつぶさに見せてもらい、店賃《たなちん》などを聞いてそこを後にした。

翌十二月（師走）上旬に腹を決めて南鍋町の大家の所に伺って借りることを伝えた。そして、年末にそこへ引っ越した。

翌年の貞享五（一六八八）年は九月（長月）三十日に改元され、元禄と改められる。荒木は、その年の一月（睦月）、年が改まり転居したばかりのこともあってやることが多く、意識は高揚し興奮が収まらない日が続いた。

開塾は二月（如月）の初午《はつうま》から開始することにした。

三箇日《さんがにち》後に、表通りの木戸の前に〝手習い・算術塾〟を開く旨の札を貼った。周りに周知するためにだ。表通りの通行人が、この貼り紙を見て目にとまって一人でも多く入塾してくれたら、と淡い期待を抱いて貼った。

そして、開塾に向けての準備に大わらわであった。

転居先の南鍋町の裏長屋は、前の二軒分に相当する広い部屋だった。何をどこに置くか、特に寺子（子女）が集まった時の配置をもとに物を置いた。

日常暮らすのに用いる食器などの台所類や卓袱台《ちゃぶだい》、寝具類などは前に使った物をそのまま使い、それ以外の開塾時に必要で足りない物、例えば、文机や天神机数脚、座布団、硯、墨、筆類、半紙（和紙）、そろばんなどは外に出て新調し、買い揃えた。金もかかり、物によっては借金もした。

開塾するまで一箇月近くあるが、それに向けての準備を徐々に調《ととの》えていった。

（四）

寺子屋開塾当日は、子供たちは極度に興奮していつもより朝早く起きて顔を洗う。まずお天道《てんとう》様を、次にご先祖様を拝んで、それから父母に挨拶をする。そして、寺子屋があるため、朝餉は母親に急《せ》かされていつもより早く食べる。一方、母親は出かける前、息子を寺子屋に入学させる寺入り（または登山ともいう）の際、師匠に束脩《そくしゅう》（入学金）として渡す鰹節《かつおぶし》と菓子折を準備した。それらは、風呂敷に入れて手に提《さ》げて持参した。その時、息子の銀次は裃《かみしも》に羽織袴《はおりはかま》の正装をして、母親に連れられて極度の緊張の中、寺入りした。卯ノ下刻（午前七時）過ぎ、南鍋町にある荒木の「手習い・算術塾」に訪れた。

戸を叩き、「ごめんください」と言ったら中から「お入りください」と言葉が返ってきて開けて入る。教場に入ると促されて上がる。親子は、

「ふつつかな息子ですが、お師匠様の適切かつ厳しいご指導のほどよろしくお願いします。つきましては、このたびの愚息の寺入りに際し心ばかりのものですが、束脩をお持ちしました。お受け取りください」

と言って風呂敷を解《ほど》き、中にあった鰹節と菓子折を差し出した。荒木は「結構なものをありがとうございます」と言って丁寧に受け取る。

母親はそれを済ますと、帰り際《ぎわ》、息子に向かって、

「お師匠様の言いつけをよく守って一所懸命勉強するんですよ」と鼓舞して出ていった。

銀次は、荒木に促され天神机の前に正座して待つ。手習いなどに使用する道具を入れた風呂敷は、自分の右脇に置いた。

その他の子供たちも母親に連れられて訪ねてきた。そこで、荒木に束脩を渡す親もあればそうでない親もいた。

母親はいずれもわが息子がかわいく期待して寺入りさせたのである。師匠の荒木に対しては「不肖な息子をよろしく」とお願いし、わが子には「お師匠様の言いつけをよく守って勉強するんですよ」と諭して後にした。

この頃、子供を寺入りさせる商人や職人などの庶民は少なかった。それは、親の子供への教育に対する認識と通わせるだけのそれなりの収入がないと束脩（入学金）や謝儀（授業料、月謝）などを支払うことができないからだ。前者のほうは、親として自分の家の存続を図るため教育の重要性や大切さというのを認識して通わせていたのである。

入塾者六人が全員揃った。梅次と鶴丸は銀次の友達であるが、他の三人は初対面である。それぞれの名前は定次郎、虎吉、松之丞である。六人の年は六～八歳である。

来ると天神机の空いた席に正座し、しばらくそこでじっと緊張して待つ。寺子たちは、その間、師匠の荒木の所作を注視し、彼が座るのを待っていた。

荒木は準備が整ったのか自机に正座し、緊張した寺子の前に対座する。両者のぴんと張り詰めた静寂の中、荒木が第一声をまず発する。

「おはよう」

と元気よく挨拶すると、寺子もおうむ返しに、

「おはようございます」

と、声の強弱はそれぞれ違うものの、返した。

「では、今日は初日で、お互い知らない間柄であるので自己紹介するところから始めよう」

と言って、寺子たちの気持ちを解きほぐした。

「まず初めに、わしは、諸君に手習いとそろばんを教える荒木村英と申す。分かりや

すくかつ厳しく内容を教えていきたいと思うので、しっかりとついて来て欲しい。その際、分からない箇所があったら何なりと質問して欲しい。そして、その日に学んだことはその日のうちに理解できるよう、家に帰ってからもさらに復習することをお勧めしたい。諸君の頑張りを期待しているからな」

と、寺子たちの心を鼓舞した。

荒木は「それでは」と言って銀次ほか五人の寺子を指名して、それぞれに自己紹介をさせた。自分の名前と年、それにここに来た思いや抱負などを簡単に挨拶した。

午前中は読み書きの手習いをする。手習いでは〝いろは四十八文字〟の仮名文字のくずし字から始める。手始めに、荒木が自分が書いた〝いろはにほへと〟の七文字の清書した半紙をそれぞれに手渡した。その七文字の練習をするためにだ。その前に、墨のすり方や筆の持ち方などを教え、それから字の練習へと入っていった。字がうまく書けない寺子には、荒木が寺子の背後から手を添えて動かし、その字の書き方を丁寧に教えた。そして、半紙が真っ黒になるまで練習させた。しかし、字を書く練習の進み具合というのは寺子によって違ったが、巳《み》ノ下刻（午前十一時）に終えた。

家に帰って昼餉を摂った後、午後は算術とそろばんの授業を行った。寺子のうち銀次と鶴丸、松之丞の三人がこの授業を受けた。

荒木は、

「これからはそろばんの時代が来るぞ。君たちはいいところに目をつけた。先見の明があるな。江戸幕府が安定してきて貨幣も社会を動かす量にまで達し、それに伴って武士だけでなく、一般庶民も計算ができなければ仕事や暮らしに支障をきたすことになってくると考えている」

と言って、寺子らに自説を吹聴した。

そこで、荒木は寺子たちが知っておく必要があると考え、そろばんの歴史を中国から日本に伝わって今日に至るまで延々と説明した。

（その詳細については、『和算の道を切り拓いた男』第一巻の〝読み・書き・そろばんの学習を〟の所に記載してあるので、そこを読んでいただくことにし、ここでは割愛する）

その歴史を長々と講義風に説明しても幼い寺子たちには時間が持たないと思い、途中そろばんを出させ、その名称とどういう風に弾いて計算するか、授業に変化をもたせた。一から十まで、その後、十から百までの珠の弾き方を教えた。

授業は佳境に入り乗ってきたところで、年の一番いってる松之丞が、

「今日は初午祭が開かれている日で、もう未《ひつじ》ノ下刻（午後三時）になるのですが……」

と言った。

荒木のほうは時間が経つのも忘れ、熱が入って気付かなかった。

「君たちは初午祭を楽しみにしているんだったな。では、今日の授業は途中だがここでやめ、この続きは明日に回そう。それでは、今日はこれで終わり、明日また待ってるぞ！」

と言って授業を終えた。

荒木はそろばんを次のような順で内容を展開していった。

彼はまず、そろばんの歴史についての説明から始める。そろばんは、珠を指で弾い

て簡単に計算できるのが魅力である。そこで、そろばんという計算器具をどう使って計算するかを教えることから始める。それには、そろばんの個々の名称を知り、そしてその珠を親指と人指《ひとさ》し指《ゆび》を使って弾いて計算することを教える。それを寺子と一緒に弾いて覚えさせる。

まず、最初は自然数一〜百までの数をどう表すか、その珠の弾き方を教えて身体に覚え込ませることが必要である。それを弾きながら寺子に理解させ身につけさせるには、何度も自分が親指と人指し指を使って珠を弾き覚えるほかない。そして、それを何度も繰り返し行った。

寺子がそれを覚えたら次のステップに移る。

そろばんで計算するには、さらに加減乗除の四則計算ができなければならない。まず、そのうちの加減の計算から始める。いくつかの自然数を足したり引いたりして珠を弾き、計算して結果を得る。そして、その結果の正誤の有無を確かめ、答が合って彼らに自信をつけさせる。この加減の簡単な計算から複雑なものへとやってできるようにする。

それができたら乗除の計算に移る。今は掛け算九九が教えられるが、当時は「八《はっ》算《さん》・見一《けんいち》」の割り算（除法）が教えられた。つまり、今の掛け算九九に相当する「八算・見一」の割り算が教えられたのである。

この割り算は、皆様もよくご存じのように、

〈被除数〉÷〈除数〉＝〈商〉

で求められる。一方、その逆の演算、つまり、

〈商〉×〈除数〉＝〈被除数〉

は掛け算となる。だから、割り算をしてそこで得られた値が正しいかどうかは、検算としてこの掛け算をして確かめればいい、と教える。

そこで、『八算』というのは基数すなわち基礎として用いる数、つまり一から九までの数による割り算のことだ。言い換えれば、『八算』というのは除数が一桁（二〜九の八種類）の割り算のことで、掛け算九九の割り算版と考えればよい。そこで、それぞれの場合の商と余りを求めるのにこの『八算の割り声』というのを、計算道具としてのそろばんを使って計算する。その際、桁は考えず一も十も百も同じ扱いになる

のだ。

掛け算九九の場合は小さい数から唱えるが、割り声のほうは大きい数から唱え始める。例えば、掛け算九九では、『二六十二』（にろくじゅうに）とは言うが、逆の『六二十二』（ろくにじゅうに）とは言わない。それは小さい数の二から唱え始めるからだ。それに対し、八算の割り声では『六二三十二』とは言うが、『二六三十二』とは決して言わない。大きい数の六から唱え始めるからだ。

八算の割り声をそろばんで計算する場合、被除数を右に、除数を左に置いて行う。このように計算する割り算の数を左右に置き、その珠を指で弾いて行うのだ。例えば、

「一の段」割り声：

「一進一十」 1÷1=1

「二進二十」 2÷1=2

…………　…………

「九進九十」 9÷1=9

最初の「一進一十」は「いちがいち」と読み、一を一で割れば一であるが、そろば

んではその被除数の一を払い、その上の桁に一を加え（位を一つ進め）これを商と見、この一は下の桁から見れば十だから「一進一十」と書くのである。

それ以降、「二の段」割り声から順々に進めて「九の段」割り声までを唱え、その最後の割り声、つまり、

「九進一十」　90÷9=10

を行って終わる。

これを寺子と一緒に唱え、同時にそろばんの珠を弾いて繰り返し行って身体に覚え込ませる。それだけでなく、さらにそれを確実に身体に覚え込ませるため、懐紙にも書かせその記憶を定着させたのだ。なぜなら、この「八算」の各段の割り声は、割り算の計算の基本であるゆえ、徹底的に繰り返し練習して身につけさせたのである。これができないとその先に進めないからだ。

そして、寺子がこれを身につけたら、次の「見一の割り声」に移る。

これは、除数が二桁以上の割り算であっても商を立てる時の原則は、除数と被除数の最高位の数（一桁）を見て「八算」の割り声を使い、もしこれができない場合は

「見一」の割り声を使うということである。例えば、二桁で割る場合の例として100÷11の計算を考えてみよう。これは、百を九十と十に分け、十一の十の九倍の九十と十一の一の九倍の九をそれぞれ引くと一が残り、これが余りとなる。また100÷13の時は、百を九十と十に分け、十の九倍の九十と三の九倍の二十七をそれぞれ引けないので、八十と二十にする。これも十の八倍の八十と三の八倍の二十四をそれぞれ引いても引けないので、さらに七十と三十にする。これは十の七倍の七十と三の七倍の二十一をそれぞれ引くと九が残り、これが余りとなる。このようにして二桁で割る場合の計算をするのだ、と教える。

荒木は、寺子に『八算』を理解していれば、除数が二桁の場合の割り算もその応用ゆえ、簡単に計算できることを示した。

寺子たちは、最初は「八算」を使ってそろばんを弾いて計算するのも慣れないため、難しく集中できずにすぐ飽きてしまうところがあった。ところが、何回も繰り返し練習してこの基本を理解し覚えてしまうと、二桁の除数による「見一」の除法もその応用ゆえ、簡単に計算できることが分かった。寺子たちも分かってくると、面白くなってきて一所懸命取り組むようになった。

荒木は、『八算・見一』まで知っていれば、日常生活で使う計算はほぼできるようになり、何不自由することはない、と教え安心させた。

寺子たちは、「八算」「見一」のそろばんによる機械的な計算に習熟してくると、段々計算の勘が養われ、暗算の力も身につき、簡単な計算ならそろばんを弾かなくても頭の中でさっと計算できるまでに腕が上がっていった。

その後は、実社会でこの算術の知識をどう生かしていくか、つまりそろばんで計算するか、日常生活における問題を取り上げて解説した。

まず、日頃使用している貨幣の問題を取り上げた。この時、貨幣で物品を買う習慣が一般に広がっていて、ここに通う寺子たちは親が商いをしていて、それを身につけねばならないのだ。だから、使われている貨幣の種類や貨幣間の交換（両替）の計算はどうしてもできなければならない。

貨幣は、この時、金・銀・銭《ぜに》の三種が使われていた。

金は、金を主成分とする大判と小判、その下の金貨は四角い一分金、二分金、一朱金、二朱金となり、四朱が一分で、四分が一両である。金貨はこのように四進法が用いられ、江戸を中心とした東日本で主に使われていた。

銀は純銀の灰吹《はいふき》と純度〇・八の丁銀《ちょうぎん》、他に丁銀と純度が同じの、小さな粒状の豆板《まめいた》銀《ぎん》で実際よく使われていた。ただ、この銀貨は大坂を中心に使われていて、それは重さによって価値が決まる秤量《ひょうりょう》貨幣で貫《かん》・匁《もんめ》・分《ぶ》・厘《りん》といった十進法が用いられていた。銀貨が実際に使われていたのは丁銀で、純銀〇・八で金一両当たりの『相場』は銀六十目《め》（例えば、二十三匁などのように一の位に数がある場合は「目《め》」ではなく、「匁《もんめ》」を使った）である。

金と銀は多額の物の売買に使われるのに対し、小額の物の売買には銭が使われた。これは日本国中共通して使われており、単位は『文《もん》』である。銭は銅貨で円形をしており、中央部に穴があいていた。そして、銭は九十六枚で百文とする慣習があって、実際、その銭の穴に糸を通してその九六文をひとさしにして百文として通用していた。

ここで、金貨は江戸を、銀貨は大坂を主に中心として使われたことから両貨幣間の交換が必要となり、その両替に関する問題や他人から金や銀を借りた場合の利息の問題など例題を出して計算させた。

また、幕府は年貢を収入の基本とし、その収穫量は気候によって左右されることが多く、そのため米相場の価格も変動する。その米の売り買いに関する問題や、田畑や築城などで使われる長さや広さ、さらに容積を量る道具として使われた枡《ます》などに関する問題などを取り上げ、計算させて教えた。

（五）

荒木の開塾したこの「手習い・算術塾」は、順調に推移していき、世間にその名も次第に知られるようになっていった。

そんなある日、賢弘は人伝《ひとづて》に南鍋町で荒木村英という男が関孝和の弟子だと称して「手習い・算術塾」を開いているという噂をたまたま耳にした。その時、賢弘はかつて関家宅で荒木を追い出した時の不快な思い出がふっと頭をよぎった。

賢弘は、元々荒木とは肌が合わず、水と油の関係にあった。荒木という名前を聞いただけで不快感を覚えるほどだった。そのため、なおさら師匠の名を騙《かた》って開塾するとは不届千万で絶対許せないと思って、兄賢明の下に足を運び、そのことを伝えた。すると、二人はここしばらく関家宅を訪れていないこともあり、この件にかこつけて久しぶりに訪れてみようかと意見が一致した。

そして、二人は時間を申し合わせて荒木の開塾三箇月後の五月（皐月）上旬の辰ノ下刻（午前九時）に関家宅を訪れた。

賢弘が「頼もう！」と声をかける。幸恵が顔を出した。

「ああ、建部様では！　久しぶりですね。少々お待ちください」

と言って引き下がった。

二人は幸恵を見て、彼女の下腹が少しふっくら膨らんでいるのを見て、お互いすぐ顔を見合わせ、子供を身籠もっているなと直感した。で、賢弘は、兄に向かってそっと小声で呟《つぶや》く。

「赤子を身籠もっているね」

賢明も「そうだな」と相槌を打って低い声で頷《うなず》く。

そこに、孝和がすぐ現れた。

「二人が顔を出すのも本当に久しぶりだな！　さあ、上がりたまえ」

と促すと、二人は上がるのをちょっとためらった。

二人が躊躇しているのを見た孝和は、

「なぜ上がらないのだ。遠慮するような間柄ではないだろう。さあさあ、お上がり！」

とまた催促すると、賢弘は言いにくそうにおもむろに、

「ところで先生、言いにくいのですが、奥様は身籠もっているのではないでしょうか……」

とそっと聞いた。

「実はそうなんだよ。身籠もっているんだ。今から生まれてくるのを楽しみにして待っているんだ」

「では、いつお生まれに……」

と言い終わらないうちに、さらに突っ込んで聞く。

「今月下旬が予定日なんだ」

「それはそれは、おめでたいことです。だったら、奥様に余計なお心遣いをかけては相済まないので、ここで失礼したいと思います」

と言うと、

「妻は今体調は安定している。それに何もお構いできぬが久しぶりの来宅ゆえ、ちょっと寄っていったら……」

と諭され、それで賢明が弟の賢弘に目配《めくば》せして、

「それなら久しぶりのことでもあり、お言葉に甘えて少し上がらせていただきますか」

と言ってやんわりと頷く。

そして、二人は孝和の書斎に通される。部屋は、文机の周りに書籍と書きためた原稿などが所狭しとうずたかく積まれていた。

孝和は、その文机の周りに置かれていた書籍と原稿などの一部を動かし、二人が座れる場所を作り、「どうぞ！」と言って促し、座らせた。そして、孝和自らも二人と対座した。

しばらくして、幸恵が茶菓《さか》をお盆にのせて入ってきた。

幸恵は、二人の前に跪《ひざまず》き恭しく頭を下げる。

「主人がいつもお世話になっております」

と言って、二人にお茶とお菓子を差し出す。

賢明が「ご丁寧にありがとうございます」と礼を言って、お茶に口をつける。

そして、ちょっと間を置いてから幸恵に、

「先ほど先生からお聞きしましたが、お子を身籠もっていらっしゃるとのこと、大変おめでとうございます。誕生が楽しみですね」

と念を押した。

「予定日が今月下旬でもうじきです。今は喜びと不安が半々です。どちらかといえば、心配のほうが大きいです」

すると、賢弘が幸恵を力づけようと思って、

「奥様、そんなご心配をなさらなくても大丈夫ですよ。とにかく、元気な児を生んでください」

と励ます。

「ありがとうございます。頑張ります。それでは、ごゆっくりなさってください」

と言って引き下がった。

幸恵が引き下がると、賢弘は孝和に対し、

「この前亡くなられたお娘《こ》さんは病弱でしたが、次の児は元気で健康な児がお生まれになるのを願っております」

と期待感を示して言った。が、孝和のほうはそれを聞いて、

「もちろん、そのような児を望んでいるのは親として当然だろう。特に、妻のほうは喜びと期待が大きく楽しみにしているようだ」

と、ちょっとぶっきらぼうに言った。で、賢弘はまずいことを言ってしまったと思ったのか、

「私たち二人も、きっと元気で丈夫な児が産まれてくると思っています」

と言い直して安心させた。

賢弘は、ここで話題を変える。

「ところで、今日、先生のお宅にお伺いしましたのは、単刀直入に申し上げますと、荒木村英という男が南鍋町で先生の弟子だと称して『算術塾』を開いているという噂を耳にし、このことは許せないと思って来たわけです。先生は荒木を弟子にし、そして開塾することを許したのですか？」

と鋭く問いただした。賢弘も話していくにしたがって次第に興奮していった。

しかし、その時、孝和のほうは五十歳という年の功からも、その辺のところはわきまえて冷静に答えた。

「以前彼は、時折わしの家に弟子にしてくれと何度も懇願しに来たけれど、その都度弟子にはできないと断り続けていた。だから、彼を弟子にした覚えはない。もし彼が弟子と称して開塾したというなら、全く心外で許すことはできないな」

と頑として言い放って否定した。

賢弘はさらに興奮し、怒りが心の底からさらに込み上げてきたのか、

「それなら、先生が彼の塾に行くなどして直接逢って、その旨を伝えたらいかがでしょうか？」

と、師であるのも忘れてきつく問い詰めた。それに対し、孝和は反論した。

「わしがそこに行って逢い、彼にわしの弟子ではないと直接言って撤回させることは確かにできるかも知れない。しかし、彼の開いた塾をやめさせることはわしにはできないことなのだ。というのは、荒木が自ら暮らすために選んだ勤めの自由というのを、わしが口出しして駄目だと言ってやめさせることはできないからだ」

「それでも、先生は、荒木にいいように名前を使われ利用されて開塾させていることになるのでもいいのですか？」

「いやそんなことはない。今まで彼に塾を開いたら、などと言った覚えは全くないし、大体、塾を開く開かないは、荒木の自由意思に基づいて選択し決断したことなのだ。つまり開く開かないは、わしが決めたことではないのだ」

「しかしながら、江戸にはまだ『算術塾』というのは数が少ない。それで、自ら開塾して暮らすために、算術方面において世間で名の知れた先生の名前を使って開塾し、その存在を知らしめ広めようとする魂胆が荒木にあるのは見え見えで、火を見るよりも明らかですよ。それでもいいのですか？」

と、孝和にさらに畳み掛け詰め寄った。

これを聞いて、孝和は賢弘の考え方とは真っ向から対立し、平行線をたどってそう簡単に折り合うことはないなと察知する。

孝和としても、荒木が自分の名前を騙って、つまり弟子だと称して開塾したのは確かに許せない行為だと思っている。一方、荒木が自分の意志と決断で「算術塾」を開いたのは決して悪いことではないと思っている。その理由《わけ》は、算術はまだ世間にそれほど知れ渡ってなくて市民権を得ていない現状に鑑《かんが》みると、その中で荒木が「算術塾」を開き世間にその存在を知らしめ、そしてこれから広めていくのに役立つのはまず間違いなかろうと、孝和自身も確信していたところがあったからである。つまり、算術がこれから一般庶民の間に広まっていくと期待しているところがあったのである。

一方、賢弘のほうは、師匠の名前を騙って開塾するのがどうしても許せず、その塾をよからぬ存在だと思っていたからである。だから、師の孝和が動いて荒木の塾をやめさせることを期待したのである。つまり、賢明と賢弘は、孝和が荒木の開塾した塾に何らかの手を打ってコトを収めてくれることを期待したのである。

しかし、二人は、このままだと両者の考えが折り合うのは難しく時間がかかりそうだと思って、途中ではあるがやめることにした。

孝和の奥様が身籠もり間もなく赤子が誕生するというのを楽しみにしている中、ここで長居するのは大変失礼だと思い、四半刻（三十分）ほどして二人は関家宅を後にした。

第十八章　次女の誕生　――関の遺稿『括要算法』について

（一）

幸恵は五月二十三日の未明に次女を産んだ。二人目なのでそれほど苦しむことなく順調に産んだ。今度こそ夫婦二人で協力し合って健康で明るい思いやりのある娘《こ》に育てようと誓い合う。家族三人による明るい活気ある家庭が再出発したのである。

それから数箇月経った晩秋九月（長月）の初旬に、荒木が突然ふらっと関家宅を訪れた。

幸恵が玄関先に出ると、荒木が正装して立っているのに驚く。少し立ち止まって間《ま》を置き、

「あら、荒木様では！　……」

と、少し口ごもって言った。

風貌と身なりが以前と違っていて、きちんと正装していたのにびっくりする。

「本当に久しぶりですね。それにしても、あまりの変わりように驚きました。……少々お待ちください」

と言って後ろに下がった。

すると、しばらくして孝和が顔を出す。見るなり、

「おお、荒木か、よく来たな」

その時、奥から赤子の泣き声が聞こえてくる。

「ああ、お子さんが生まれたのですか？」

「そうだ。四箇月ほど前に生まれたばかりなのだ。妻は大変喜んでおるよ」

「それはそれは、おめでとうございます。良かったですね」

「久しぶりに顔を出したのだ、上がりたまえ」

と促す。

「お子さんが生まれたばかりとのことですから、また来ます」

と断った。孝和は、

「そんなことを言わず、何もお構いはできぬが、久しぶりなのだし上がりたまえ！」

とさらに強く促し、

「それなら、申し訳ありませんが、少々お邪魔させていただきます」

と言って上がり、孝和の書斎に通された。

二人が対座すると、荒木が「つまらないものですが……」と言って菓子折を差し出した。

「お心遣いどうもありがとう。済まぬなあ。ありがたく頂戴する」

「いやいや、その節は、私のほうこそ先生と奥様に大変お世話になりました。感謝しています」

そこに、幸恵がお茶とお菓子を持って来る。幸恵は荒木に丁重に挨拶する。すると、

「荒木殿から結構なものをいただいた」

と孝和が言うと、お礼を言って出ていった。

孝和は続け、

「ところで、余談はさておき、貴殿がせっかく来宅していい機会なので、この際、貴殿が開いた塾の件について聞きたいと思うがいかがだろうか？」

「実は、私のほうもその件で先生にお礼を言うべくこちらに参ったのです」

と言ったが、孝和の思いと一致したようだ。

まず、荒木がお礼の言葉を述べる。

「塾は開いて七箇月ほどになりますが、お蔭さまでここまで順調に来ているのが嬉しく、その報告かたがたこちらにお伺いしました。というのは、徐々にですが、その存在が世間に知られるようになってきたのです。そこで、私もさらに精進してこの算術塾をもっと発展させていきたいなと考えているところです」

と、上ずった声で言うと、孝和も、

「それはいいことだ。さらに発展するといいな」

と相槌を打ち、荒木を励まし力づけた。さらに孝和は続けて言う。

「貴殿には少々耳の痛い話だが、貴殿が開いた塾の件で、私は大変不愉快な情報を小耳に挟んでいるので、それを単刀直入に申し上げたいと思う」

と言ったら、荒木は何を言われるのか身を硬直させ身構えた。

「実は、貴殿はわしの弟子だと称して『算術塾』を開いたようだが、それは事実か？」

と、やんわりと問いただした。

「とんでもございません。それは違います」

と、首を振ってはっきりと否定する。さらに続けて、

「私は、その時、先生との関係について聞かれた時、先生の弟子だなどとは一言も言った覚えはありません。そこでは、先生の指導を受けたことがある、と言ったまでです」

と率直に伝えた。

すると、孝和はさらに確認のため、

「本当にそれは事実なのか？」

と念を押し、突っ込んで聞き返した。

「それは絶対間違いありません。これまで先生の弟子だと言ったことなど、とにかく

絶対ありませんから……」

と、〝絶対〟という言葉を繰り返し使って、血相を変えて否定した。荒木は、こんなことを言われるとは全く心外で不本意なことだったので、身体を少し震わせながら言った。荒木にとっては、まさかこんな話になるとは全く予想していなかったので、不愉快極まりないことだった。

一方、孝和のほうは、荒木は口達者でずるく抜け目がないところがあって、不信感を抱いていたのである。だから、孝和は、自分の名前をいいように使い利用して荒木が開塾しているのではないか、と思っていたところであった。

「わしのほうからしても、そんな噂が立つと、武士の端くれとはいえ、公務をなおざりにしてそちらに力を入れ、名を売っているのではないかと勘ぐられており、迷惑をこうむっているのだ。大体わしは、貴殿に何度も弟子にはしない、と伝えていたのを重々承知しているはずだと思っていたからだ」

「もちろん、私はそれを十分承知しています。だから、私は、先生からそのことを言われ、わが耳を疑うほどです。何度も言いますように、先生の弟子だと言った覚えは、これまで一度もありません。事実、先生との関係について聞かれた時、先生に指導を受けたことがあると言ったことが、先方に変に受け取られ歪曲されて伝わったのではないか、と思います。もし先生に、そのような形で伝えられたとしたなら、私も大変不本意です。が、これからは言葉に十分気を付けて参ります」

と言って、丁重に謝罪した。

「わしも、貴殿の口から本心が聞けてほっとした。ところで、今、塾には何人くらいの寺子たちが通っているのだ？」

「午前中に手習い、午後に算術を教え、初めは手習いは六人、算術は三人でした。しかし、今は前者は八人、後者は五人となり、少し増えました。これからも塾が盛況となるよう、頑張って教えていきたいと思います」

と言った後、荒木はふっと幸恵のことが頭をよぎった。そうだ、赤子が生まれたばかりなので、長居をするのは奥様に余計な心配をかけ失礼になると思い、

「本日は、お子さんの誕生も知らずに突然お伺いし、貴重な時間をわざわざ割《さ》いてくださり、先生と有益なお話をする機会を得たのを大変光栄に存じております。今後、

機会がありましたらまたお伺いしたいと思います」
と言って、関家宅を後にした。

（二）

荒木村英はこの『手習い・算術塾』を開き、一所懸命力を入れ教授した結果、その存在が世間の目にも留まり好評を博していた。特に、『算術塾』は江戸においては新鮮味があったとみえ、関心が集まり、評判も高まったのである。その結果、翌年の元禄二（一六八九）年、江戸の案内書である『江戸鹿子《かのこ》』第七に、荒木村英の名が著名な数学者としてあげられ、その塾の所在地の「南鍋町」までもが記載されている。このことから、荒木村英という男が市井《しせい》で数学を教授していたことが分かる。

この荒木村英のことに関して、他にその荒木が話したことを、彼の弟子の松永良弼《よしすけ》（一六九二頃～一七四四）が書きとめたという『荒木彦四郎村英先生の茶談』（以後『荒木茶談』と記す）が伝えられている。しかしこの『荒木茶談』についてはおかしな記述が多く、信用できないとする研究者が多い。というのは、この『荒木茶談』が荒木村英の談話をまとめたものであるなら、彼の師である関孝和についての逸話などが記されていてもいいはずだが、実際はほとんど述べられていないということだ。例えば、荒木が関にどういう経緯で教えを受けるようになったとか、また関の人柄や住まいはどこにあり、そしてその関が誰から数学を教わったのか、それと関周辺の数学仲間の仲のよい者と悪い者、さらに関孝和の著した一番大事な『発微算法』の著書を荒木とその弟子の松永などは知っているはずなのに、これを校訂者の三滝四郎右衛門と三俣八左衛門を著者としたのは極めておかしな話である。ことほどさようにこの『荒木茶談』の記事はおかしいのである。

後世の人が、さらに関孝和の名前と業績について知るようになった要因の一つに、正徳二（一七一二）年に、荒木村英による『括要算法《かつようさんぽう》』が出版されたことが大きな役目を果たしている。これは、関孝和が亡くなった四年後に刊行された書物である。ところが、この本の出版の準備が終わったのは、関孝和の没した翌年の宝永六（一七〇九）年のことで、彼の一周忌を期して編集された書物ではないかと言われている。

荒木により編集されたこの関の遺稿の『括要算法』は、彼の主論文の多くが掲載されていて、それによって彼の業績が広く知られることになったのである。

この『括要算法』は巻元、巻亨、巻利、巻貞と呼ばれる四巻からなっている。そこには、どんな内容のものが書かれているか、その概要を記してみよう。

第一巻の巻元は、表題は「垜積《だせき》総術」とあり、そこに累裁招差之法《るいさいしょうさのほう》と垜積術《だせきじゅつ》の二つに分かれる。

累裁招差之法は、yをxの関数として、xのn個の値に対しyのn個の値が与えられた時、xの（n−1）次式で表す方法を論じている。つまり、いくつかの数はばらばらにある時、これらがどのようにして求められたものかを解明する方法である。ここで累裁とは、かさねて裁断するということで、つまり何回かの操作を繰り返していくことを意味し、差というのは係数の意味に使われており、その係数を招く、ということである。関は、この方法を天体（日、月、五惑星）の運行についての必要な計算として用いている。

次の垜積術では、数列・級数を論じている。数列は垜と言い、いくつかの数をある

1	1	1	1	1	1	1	1……
1	2	3	4	5	6	7	8……
1	3	6	10	15	21	28	36……
1	4	10	20	35	56	84	120……

規則によって順番をつけ、一列に並べたものである。そしてこの数列の一つひとつを足したもの、つまり和（級数）を垜積と言い、この垜積の求め方を論じている。例えば、上のような数列である。

次に、累乗の指数を一般にiとして、

$$S_i(n)=1^i+2^i+3^i+\cdots\cdots+n^i$$

を考えた時、これがnのどのような式になるか、を論じている。

この公式は、ベルヌイが数列・級数の問題を一六九〇～一六九五年に取り組んでいたことが知られていて、彼はこの自然数の累乗の和の公式を導き出したが、このものは関のものと同じである。

第二巻の巻亨は、「諸約之法《しょやくのほう》」と「翦管術解《せんかんじゅつかい》」の二つの部

$$S_1(n) = 1 + 2 + 3 + \cdots + n = \frac{1}{2}n(n+1)$$

$$S_2(n) = 1^2 + 2^2 + 3^2 + \cdots + n^2 = \frac{1}{6}n(n+1)(2n+1)$$

$$S_3(n) = 1^3 + 2^3 + 3^3 + \cdots + n^3 = \left\{\frac{1}{2}n(n+1)\right\}^2$$

分からなっている。前者は、内容は最大公約数、最小公倍数、ユークリッドの互除法などの一般の整数問題を扱い、中に無限等比級数や無理数の近似分数についての理論が述べられている。後者は「翦管術解」が扱われている。

諸約之法では、二つの自然数、例えば、30と84の場合の最大公約数を次のようにして求めている。つまり減算を繰り返すユークリッドの互除法で求めている。

84－30＝54　54－30＝24　30－24＝6

このように互いに減ずることにより、最大公約数6を得る。

また、例えば6、8、9の場合の最小公倍数は次のようにして求めている。6と8を互いに減ずると最大公約数2を得る。次はこの2で6を約す（6÷2）と3を得、その3と8を相乗して24を得る。さらにその24と9を減ずると、24－9＝15　15－9＝6　9－6＝3 の最大公約数を得る。この3で24を約すと8、その8と9を相乗して72、これが最小公倍数となる。

次の翦管術解では、いくつかの数で割った余りが知られている時、元の数がどのような数であるかを知る方法が述べられている。その際、前の諸約之法で述べられた方法が基本的な手段として用いられている。例えば、
今物あり。総数を知らず。只云う。五で割った余り一個。七で割った余り二個。

総数幾何と問う。

答えて曰く、総数十六個。

などである。

第三巻の巻利は、表題は「角法並演段図」と名付けられ、角術、すなわち正多角形の理論が述べられている。

この巻は正三角形から正二十角形までの正多角形が論じられている。その正多角形の一辺の長さからその内接円の半径（平中径という）、外接円の半径（角中径という）とその正多角形の面積の値が示され、さらにそれらの値を求めるための方程式とその導き方も示されている。

第四巻の巻貞は、求円周率術、求弧術、求立円積術の三編からなっていて、最もよく知られた巻である。

円周率を求める術では、一六六三年刊の村松茂清の著『算俎《さんそ》』に示されている円周率の値を求める計算を改訂している。直径一の円に内接する正多角形の周の長さを下に円周率の近似値を求めている。

この円周率は、日本では江戸時代、その由来は定かではないが、3・16というのが普通に用いられていた。そして関の時代、一六七〇年頃、円周率としてどれが正確な値かということが問題になっていたようである。

そこで、関はその円周率を求めるため四角形（2^2）から始めて2^3、2^4、2^5と次々に角数を倍にしていき2^{17}まで計算してその周を求めた。さらに2^{18}、2^{19}、2^{20}……とその計算を続けていくよりも、ここまでの計算で相当に精密な値が得られる優れた〝関の補外法〟を見つけたのである。それから、

内接正2^{15}角形の周　a＝3.14159264877698566708

内接正2^{16}角形の周　b＝3.14159265238659135712

内接正2^{17}角形の周　$c = 3.14159265328899927756$

として、

$$\pi \fallingdotseq b+\frac{(b-a)(c-b)}{(b-a)-(c-b)}$$

を計算して求めたのだ。つまり、

$$\pi \fallingdotseq 3.14159265359$$

を定周として円周率とした。

その次に、関は当時（一六七〇年頃）日本に伝えられていた円周率の近似分数22/7,355/113の解明に取りかかっている。

関は、そこで、現代円周率はギリシャ文字のπを使っているが、当時はもちろん使われていない。しかし、円周率πは$3<\pi<4$であるから、それを「零約術」を使って近似分数で表すと、最初は3＝3／1となる。それからは次のようにして、つまり分母には常に1を加え、分子には円周率より大きくなったら3を、小さくなったら4を加える、という具合にして作っていく。すなわち、

$\frac{3}{1}$，$\frac{7}{2}$，$\frac{10}{3}$，$\frac{13}{4}$，$\frac{16}{5}$，$\frac{19}{6}$，$\frac{22}{7}$……

と順に作っていき、一一三番目は355/113（＝3.141592）となり、よって円周率は分数で表すことができる。そして、関はこの355/113を円周率として盛んに用いている。

次の求弧術では、上の図1の円弧に対し、その両端を結ぶ弦と、弧の中点と弦の中点を結ぶ線分（これを矢という）の長さを与えて、この弓形の弧の長さ（弧背という）の求め方を論じている。

三番目の求立円積術では、『算俎』に示された村松茂清の方法を踏襲して球の体積の求め方を示している。次頁の図2のように球の直径を垂直にn等分する、つまり関は直径一尺の球を百等分（半径は50等分）、二百等分（半径は１００等分）、四百等分（半径は２０

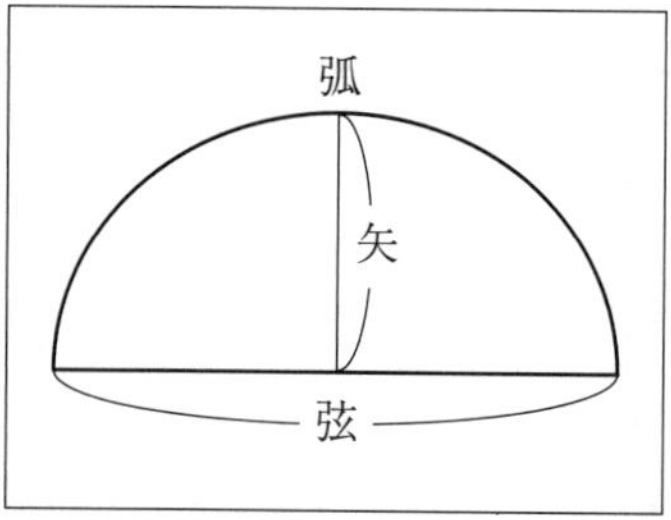

図1

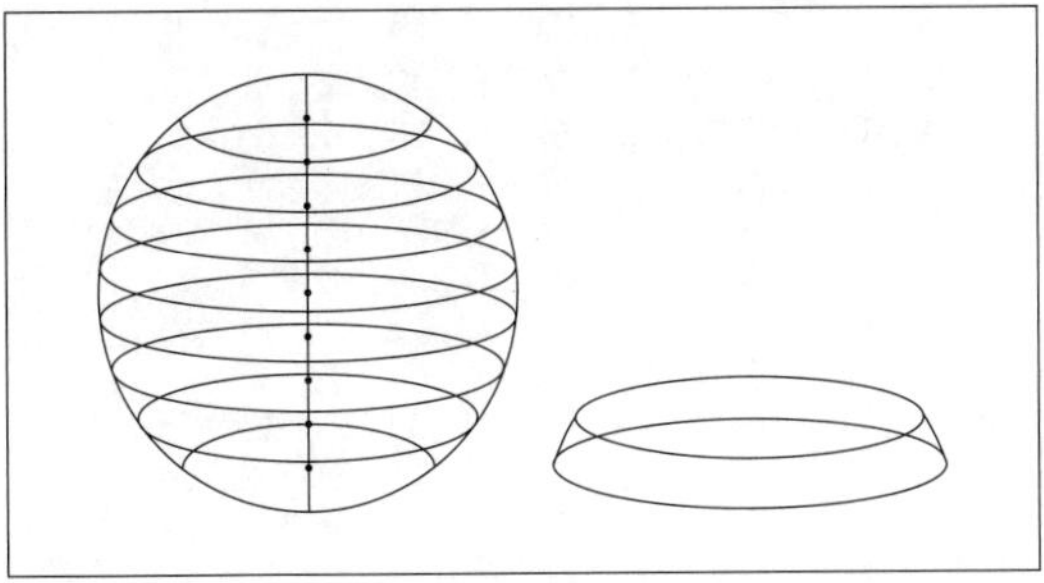

図2

0等分）して、これらの平面で切断された各部分の体積を求める。この各部分の体積は、上底面の面積と下底面の面積の相加平均（二つの面積を足して2で割る）を底面積に持ち、同じ高さの円柱と等体積とみなし、それらの各部分の体積の総和を球の体積の近似値とした。ただし、途中の計算では、円周率を掛けることは省き、一番最後にそれに玉積率π／6を掛けて球の体積としている。

　ところが、この『括要算法』の各巻の始めに（序文と目録の次、本文の前）、関氏孝和先生遺編（三巻のみ孝和の後に自由亭先生とある）、荒木村英検閲、大高由昌校訂とあるものの、実際は荒木及びその弟子の大高のいずれも検閲、校訂をほとんど行っていないと考えられている。つまり二人は校正を何もしないで原稿をそのまま出版者に渡し、刊行したと思われているのである。なぜなら、『括要算法』はあまりにも誤字、脱字、脱文が多く、中には脱行まであるからである。そのため、その後、多くの数学者が補訂しているが、それでもまだ理解できない箇所が残されているという。ことほどさようにその出版はお粗末なもので、こんなに多くの誤りがある算書も珍しいと言われている。

荒木は関とほぼ同年と伝えられているが、荒木の数学の力はさほどではなく、さらにその弟子の大高由昌も然りであり、そのため関の論文を完全に理解できるだけの力はなかったのである。だが、荒木は、この『括要算法』を刊行するに当たって次のようなことを述べていることから、つまり、

これを閲《えっ》するときは、孝和先生の説に原《もと》づいて、一理貫通の妙《みょう》を発す

とあることから、関の業績を世間に知らしめることに眼目が置かれているのは間違いなさそうである。

（三）

関家では、幸恵が元禄元（一六八八）年五月（皐月）下旬に次女を生んだ。その時、孝和は数え五十歳でその加齢に伴い、御用から家に戻ってくると心身の疲れがどっと出てきて、わが家での唯一の楽しみで生きがいでもあった算学に対する研究や取り組みもかつてのような集中力や根気がいくらか薄れてくるのが自分でも分かった。どうして心身が齢と共に少しずつ継続しづらくなったのか、と悶々とすることが多くなってきた。それで、自身、苛立ち、己を責め立てるところがあった。

そのような中、幸恵は長女多恵が病弱で幼くして亡くしたことに自虐的となり、このたび生まれた児に対しては、元気で健康的な明るい娘《こ》に育てたいと心に期すところがあった。

孝和が御用を終えしばらく経った夕餉時に、幸恵が孝和に「娘の名前を考えてくれました？」とやおら問いただした。

孝和は相変わらず日常の身の回りのことに疎く、他人から促されてやっと動くような鈍感なところがあった。

「まだ、考えてないな」

とつれない返事をした。

幸恵は、夫のその対応の遅さ・鈍さにあきれ返るところだが、元々御用と算学のことしか頭にない夫に対し、日常の身の回りのことが妻任せでも仕方ないことだと思っていた。

「それなら考えておいてください。前の娘《こ》は病弱な児だったので、今度は元気で健康的な明るい娘《こ》に育てたいと思っています。それにふさわしい名前を付けてくれませんか」

と、やんわりと催促した。

「相分かった。考えておくよ」

と、気のない返事をした。

幸恵はそれを聞いてちょっとむっとした。御用で何かあったのかしら、と訝る。とにかく、二の句が継げなかった。

孝和は夕餉が済むと書斎に戻り、天文暦学の取り組みの合間に気分転換として名前を気安めに考えた。といって、彼は娘の命名を軽視し手抜きをするわけではない。世間にたった一人しかいないわが娘に対し、名前をないがしろにするようないい加減な性格の持ち主ではない。孝和は、元々いい加減なことが大嫌いで、厳格なほどきちんとやらないと気の済まない男だった。

次女は夏に生まれ、そして妻から言われた元気で健康的な明るい娘に育てたいという気概を踏まえて名前をいくつか考えた。

彼が考えたのは、夏生《なつき》、千夏《ちなつ》、明夏《あきな》、皐月《さつき》、早乙女《さおとめ》、紫陽花《あじさい》などの名前を思いつき、それらを古紙に認《したた》めた。

一週間後の夕餉時に、その名前を書いた古紙を幸恵の前に差し出した。そして、それぞれの名前の意味を彼女に説明した。

〝夏生〟は、夏に生まれたことを示す名前、〝千夏〟は、盛夏に生まれそして千年の長きにわたって、つまり長生きして欲しいと願いを込めた名前、〝明夏〟は、夏に生まれ明るい健康的な娘になって欲しいという名前、あとは五月に生まれたからその月の名前、その時期に咲く花、田植えをする若い女性になぞらえた名前だ、と説明した。

幸恵は、それらの名前を聞いてまずぴんと来たのは、〝千夏〟という名前だった。夏に生まれ、千年も長く生き続けて欲しいと願いを込めた名前が気に入ったのである。そこで、孝和に「私にもちょっと考えさせてください」と。さらに続けて、「その他にいい名前があるか、私も考えてみますが、あなた様も引き続いて考えてみてください」

と促して、この話は終わった。

それから数日後の朝餉時に、御用に出かける前の孝和に幸恵は、「私なりにいろいろ考えてみましたが、あなた様が命名した〝千夏〟という名前が呼びやすく私の気持ちにもぴったり合って、この名前を次女に付けたいと思います」

と自分の意向を伝えた。

孝和は、家と御用先の往復時間に「千夏か⁉」と考える。

ところが、この日に限って、今までこんなことはなかったのに、御用の合間に、珍しく次女の名前の〝千夏〟というのが気になっていたのか、ふっと頭をよぎることが数回あった。

そして、御用が終わって家の帰り際に、「確かにいい名前だ！　この〝千夏〟でいこう」と、自らも心に決める。

その夕餉時に、

「〝千夏〟という名に決めた」

と、幸恵に告げる。幸恵もすぐ「良」とした。

夕餉が済むと書斎に戻り、墨をすってすぐ半紙に〝千夏〟と清書した。幸恵に見せ、床の間に飾ってその前で二人は拝んだ。

次の日、藩に〝千夏〟の名前を届け出、正式名となった。

第十九章　賢弘が『算学啓蒙諺解大成』を著し、養子先を追われる

（一）

建部賢弘は、弱冠数え二十歳の時の天和三（一六八三）年九月（長月）に、師孝和の指導があったとはいえ、『研幾算法』を出版し世に出した。この本は、敬愛する孝和の著した『発微算法』の解法がでたらめだと攻撃し、非難した松田正則著の『算法入門』（上・下巻）に憤慨した賢弘が反論した書である。

しかし、『研幾算法』の内容は、『算法入門』で池田昌意《まさおき》著『数学乗除往来』の遺題四十九問に対する解答が誤答が甚だしく、その正答率も半分にも達していない有様だった。そこで、彼はその遺題の正答を導き、その解答を訂正することによって松田ら

に対する「反批判」に応え、そして『算法入門』を攻撃し、『発微算法』に対する誤解を解こうとしたのである。ただ、孝和の著した『発微算法』は全く注釈を付けずに天元術を応用した開方式を提示しただけ、つまり「問題を解いた」だけで世に公にしたものだったので、そのため一般の算者には難しく、内容を理解することはできなかった。従って、彼の編み出したこの天元術傍書法は、このように一般の算者には難しく、理解しがたいと考えた賢弘は、さらにこの『発微算法』の版木が延宝八（一六八〇）年の火災で焼失し再版できないということも鑑み、孝和に相談し、その『発微算法』の解法の背後に明確な方法論が存在するという解説書付きの『演段諺解』の算書を刊行しようと考えたのである。そうすれば、ほとんどの算者は、それだけで理解できるはずだと考え、貞享二（一六八五）年に『発微算法演段諺解』（四冊）を出版した。

　北條家では、養子の賢弘が大変優秀な男《こ》だったので、最初『研幾算法』を出版する際は喜んで援助した。ところが、本の出版には多額の出費が強いられる。だから、賢弘から『発微算法演段諺解』（四冊）を出版する旨の相談を受けた時、北條家ではさすがに頭を抱え、困り果てたのだった。とはいえ、これから北條家を背負って立つ賢弘の強引な説得により、彼の意向をやむを得ず渋々受け入れたのである。

北條家では、家存続のため迎え入れた賢弘であるが、こんな金のかかる養子だったのかと半ばあきれ果て、後悔するほどだったのである。といって、彼を家から追い出すわけにはいかない。

一方、賢弘のほうは、この本の刊行を成就すると、翌貞享三（一六八六）年から次にやるべき課題について考え始める。

数え二十二歳という若さで、確かに背後に師孝和がいるとはいえ、二冊の専門の算書を出版するというのは、並の才能の持ち主でないのはいうまでもない。彼の潜在的な数学の能力は若くからこのように日の目を見、この時、彼の人生において最も脂の乗っている時期だった。

御用では、勘定衆見習いとして藩の日常の勘定に関する作業の他、細々であるが、自ら精確な暦を作るため、その改暦に向けての天体観測などの天文暦学に関する研鑽に努めている。家に戻ってからは、師孝和と兄賢明の三人で話し合って企画した数学の集大成の実現に向け、つまり日本には自国や中国の算書は多いけれど、その和算を算術の水準から算（数）学の奥義を究めて日本全体の水準を上げるにはどうしたらよいか、ということでそこで扱う具体的な内容について考え続けていた。

まず思いついたのは、多くの算者が算術の水準に留まっているのは、天元術の解法についての解説書がないため理解できないところに原因があると考えた。つまり天元術とは一体どのような算法か、ということについての根本的な解説がなされていないことにあると考えたのである。

そこで、これまでこの天元術を扱った算書で多くの算者に手に取って読まれていたのは、中国の算書の『算学啓蒙』である。ところが、日本で出版されたこの『算学啓蒙』に関する本はこれまで翻刻と註解本の二冊だった。一冊は土師《はじ》道雲《どううん》・久田玄哲による万治元（一六五八）年の『算学啓蒙』翻刻であり、もう一冊は星野実宣《さねのぶ》による寛文十二（一六七二）年の『新編算学啓蒙註解』である。このいずれの本も天元術に関する発展的な叙述は全くなかった。そこで、天元術に関する一字一句に至るまで註解を加えて解説すれば、算者に理解されるものと確信し、本にしようと思ったのである。

賢弘は、早速その実現に向けて行動に移した。

貞享三（一六八六）年十月（神無月）初冬の、爽やかな陽気にうすら寒くなってきた巳ノ刻（午前十時）に、次の本の出版のことで相談するため、兄賢明宅に赴く。久しぶりに兄宅を訪ねたこともあり、まずは身の上話から始める。

「兄上は、この幕臣の建部家の養嗣子になってからどのくらい経つんですか？」

突然の質問に賢明は少し狼狽《ろうばい》し、当時を思い出しながら応える。

「延宝五年十月のことだから、かれこれ十年になるかなぁ」

「そうですか。もうそんなになるんですか。早いもんですねぇ」

賢弘も少し驚いた仕種を示す。

「それはそうと、今日、私がここに来たのは兄上に相談したいことがあったからです」

「で、相談というのは一体何なんだ？」

「次に出版しようとする本のことです」

「えっ⁉　また本を出版するのか？」

と、賢明はちょっと驚き、けげんな顔をする。

本を板行するには、多額なお金がかかるからだ。賢明には、その時、ピンと来るものがあった。既に二冊を板行しており、他人事《ひとごと》とはいえ、果たして三冊目を板行するだけのお金があるのだろうかと、余計な心配が頭をよぎった。それだけのお金があるとは思えなかったからである。

一方、賢弘のほうは、義父源五右衛門（氏英）にまた頼んで板行しようと考えていた。それも、何としても板行したいと企画していた。それだから、一番最初に相談したい兄賢明の所に赴き、その件を持ちかけたのである。

賢弘は自分の考えを自信たっぷりにとうとうと訴える。

「日本における算者の多くが算術の水準に留まっているのは、算学の基礎である天元術がどういう算法であるか、について理解されていないことにあると考えたからです。そのため、天元術に関する一字一句に至るまで詳しく注釈を施して解説すれば、算者もきっとその内容を理解し、さらに多くの人たちにも和算が広まっていくと考えたからです。従って、この種の本を板行することには意味があり、これによって多くの算者が理解し、彼らに役立つと共にその水準を上げ、広まっていくのは間違いないと確信したからです」

「それでは、その天元術の算法を書く内容を自ら企画して新たに板行するのか、あるいは既に出版されている天元術を扱っている本で注釈を施して解説するのか？」

と問いただした。

「それは後者です。天元術のことが書かれていて、算者によく読まれている中国の算書の『算学啓蒙』で注釈を施し解説しようと思っています」

と自らの考えを説明する。

「賢弘が板行しようとする趣旨はよく分かった。しかし、ここで一番問題なのは、言うまでもないが、板行するには相当の金がかかるということだ。それについての先の見通しはついているのか？」

と追及する。

「その件は、今まで同様、また義父にお願いしようかと思っています」

それを聞いた賢明はちょっとむっとし、声を震わせ賢弘に言い返した。

「賢弘っ！　それがうまく行くと思っているのか？　考えが甘くないか？」

「えっ、どうして!?」

　と聞き返す。

「賢弘っ、よく考えてみろ！　これまで既に二冊を板行して義父殿も相当出費しているはずだ。その上、さらに板行しようとするなら、家としてまた相当の出費を強いられることになるんだぞ。果たして出資してくれるかどうか、考えたことがあるのか？大体、普通の下級武士の暮らしでは、家にそれだけの金の余裕があるか分からない。おまえの養子先の北條家の場合、たまたま恵まれていたから出費してくれたのだ。おまえは本当に恵まれているのだ。だから、養家に感謝しなければならないことを忘れてはならない。と言って、私自身が他家の家計のことを心配するまでもないのだがね。とにかく、私のこの考えが取り越し苦労でないことを願っているよ」

　と、賢明は弟に愚痴《ぐち》っぽく釘を刺した。賢弘も、このことを言われて少し考え込む。

さらに、賢明は弟に打診する。

「この本の板行について先生にも相談してみたらどう？」

賢弘も「そうしようか」と、あやふやな返答をすると、

「ただ、先生のお宅に伺う場合は、今年は娘の多恵さんを亡くし辛い思いをして喪に服しているので、今年は行けないな！　もし行くとするなら、来年（貞享四〈一六八七〉年）の二月（如月）かな？」

と言って終えた。

（二）

翌貞享四年二月中旬の辰ノ下刻（午前九時）の春のいぶきが感じられる頃、賢明と賢弘の二人が関家に久しぶりに訪れた。喪が明けたからだ。

しかし、孝和は喪が明けたからと言って、気持ちはまだしっくりこなかった。ただ、天和三（一六八三）年の夏に三人で話し合った〝数（算）学の奥義を究めて集大成する〟ということが気になって頭から離れることはなかった。その時、孝和も自身の齢のことを考えるようになり、これからいつまで生きられるか分からないので、残され

たあと少ない人生で何をやるかを考えていた。

今よりさらに精確な暦を作るためその改暦に向けての天文暦学の理論を究めるのと、若い賢弘に下駄を預けた「数（算）学の集大成をする」ということに殊の外期待していた。

それで、孝和は賢弘にそのことを聞くため、まず話を切り出す。

「賢弘っ！　例の〝数学の集大成〟の件はどうなっている？　進んでいるか？」

と問いただした。

「その件については大変難しい仕事なので、そう簡単にできるものではありません。とにかく、日本と中国のたくさんの算書を調べて、その中からどういう内容を取り上げ、それをどう展開しまとめるか、それも一つでないから大変なのです。そのような中で何を取り上げまとめるかを、決めることが大変です。その上、算術の水準からその根底にある定理や法則を見出し、汎用性のあるものにしていくのが大変です」

「賢弘の言うその大変さはわし自身にもよく分かる。それは、賢弘のように若くないとできない大作だからだ。確かにその大作を集大成するのは大変であるが、賢弘の算学の力をもってしたらできるはずだ、とわしは踏んでいる。それが出来上がるのを、わしは今から大変楽しみにしているのだ」

「先生からそう言われるのは私にとって大変光栄ですが、果たしてできるかどうか、今とても不安です」

と、賢弘は自分の気持ちを正直に吐露した。賢弘自身が不安を抱きながら推し進めているのを知った孝和は、逆に賢弘を励まし自信を持って取り組むようにと伝えた。

「賢弘の算学の力なら、時間はかかるかも知れないが、気長に頑張ればきっとできるはずだ。元々賢弘には十分それだけの能力が備わっているゆえ、地道に頑張ってくれ！」

と鼓舞した。

「果たしてどうでしょうか……」

自信なさそうに呟いた。が、自らを励ますように、

「とにかく、時間を何とか作って、先に進められるよう頑張ってみます」

と力強く応えた。

さらに引き続いて、今、自身が取り組んでいるのを師匠に知ってもらうため話を続けた。

「私は今考えていることがあって、それを先生に相談しようと思ってこちらに参ったのです。それは、まず手始めに天元術に関する算書を板行しようと考えております」

「というのは？」

「それは、算者の多くが算術の水準に留まっているのは、一般に算学の基礎である天元術が理解されていないことにあると考えているからです」

「では、それをどうやって説明するのだ？」

「それは、算者の多くに読まれている中国の算書の『算学啓蒙』に記されている天元術を一つひとつ注釈を施して解説すれば、算者も理解が深まり、そして彼らの水準も上がって広まっていくと考えているからです」

「わし自身も賢弘が言うように、多くの算者に天元術への理解が深まり、広まっていくことは大いに望むところだ。従って、算学の基礎となっている天元術を多くの人に理解させるため、板行するという賢弘の考えには大賛成だ」

そして、孝和は、賢弘のこの本の板行を強く推奨した。

賢弘も、師匠からこのような力強い言葉をもらって意を強くした。

このことから、賢弘も三冊目の『算学啓蒙諺解大成』を板行することを決心した。

(三)

元禄元(一六八八)年は、九月三十日に改元された。

この年に、義父源五右衛門(氏英)が賢弘に本の板行を〝良〟としてくれたのは喜ばしいことだが、これが両者の関係を修復させたかというと必ずしもそうではなかった。北條家では、最初は本を執筆するほどの優秀な子を養嗣子に迎え大変喜んだものの、その後はむしろ本の出版にうつつを抜かす金のかかる手に負えない養嗣子《むすこ》だと思われ、両者の溝は一層深まっていった。

世の中はもちろん、自分の身の回りの人たちの状況も移り変わっていく。

計算高い荒木村英は、この年、関孝和の高弟と称して南鍋町で算術指南の看板を掲げて弟子を集め称賛を博した。

賢明・賢弘らの父直恒は、幕府筆頭右筆である偉大な父昌興《まさおき》の四男として生まれる。父昌興は幕府筆頭右筆という立場から自分の五人の息子たちに幼少から書を厳しく習わせ、その結果、四人の男子が幕府右筆として召し抱えられていたが、直恒はその一人であった。ところが、直恒は父と同様、自分の四人の息子たちにも幼少から書を厳しく習わせたが、幕府右筆になるほどの技量に達せず誰一人として召し抱えられる者はいなかった。それで、「御家《おいえ》第一」の厳しい身分社会において、家柄を引き継ぐ者が誰もいなかったので大変辛い人生を歩むことになる。

直恒は、正保元（一六四四）年将軍家光に召されて右筆になり、最初百五十俵であったが、明暦二（一六五六）年に五十俵加増して合計二百俵となった。そして、貞享三（一六八六）年に職を辞し小普請となった。それからは、直恒は部屋住みの四男賢《かた》充《みつ》と一緒にいた。そのため暮らすのにやっとで、息子賢弘の本の出版のほうに回す余裕などは全くなかった。

孝和は、同年五月（皐月）に妻幸恵が次女千夏を出産し家庭内もてんやわんやの忙しさとなるが、再び明るさを取り戻した。それに伴い、孝和自身もこの娘《こ》のために数（算）学に精進して頑張ろうという意欲も湧いていた。

その知らせはすぐ賢明や賢弘などの下にもたらされた。が、二人はすぐお祝いに出向くのが筋であると思ったが、今回は出向くのをやめ、家庭内が落ち着いてから行くことにした。生まれたばかりの赤子を抱えた関家に行くのは、家庭内、特に奥様は大変な思いをして産み心身が不安定な上、体調がすぐれない中、余計な神経を遣わせるのは失礼だと思い、家が落ち着いた頃を見計らって伺うことにした。つまり、そのような状況の中で伺うのはかえってまずいとの判断によったのである。

そのため、賢明と賢弘の二人は、誕生一箇月ぐらい経った休日の辰ノ下刻（午前九時）に関家宅に伺った。赤子は熟睡していたのか、その時はたまたま静かだった。二人は上がると長居するのが分かっているので、孝和が玄関先に顔を出した時、夫婦の前でお祝いを述べた。

「このたびは出産祝いにお伺いするのが遅くなって申し訳ありません」

と言って、持ってきた反物《たんもの》を風呂敷から取り出し渡した。その時、賢弘が三冊目の

本の板行をすることを決めたという情報だけを師の孝和に伝えた。そして、

「詳しい内容については、また次に来た時にお伝えし指導を仰ぎたい」

と言ってその場を後にした。

この元禄元年暮れには、兄賢明のところで不幸があった。

賢明は、曽祖父建部賢文《かたぶみ》（伝内）の五男休意（盲人）の息子で幕府右筆である建部賢隆（昌親）の養嗣子であったが、その年の十一月十六日、その養父賢隆が七十一歳で死去し、同年十二月十六日、その遺跡《ゆいせき》を彼が継いで家禄を賜ったのである。それに伴って、賢明はそれを自ら自由に取り計らうことができるようになった。

賢弘は、三冊目のこの『算学啓蒙諺解大成』の板行に当たってその原稿を、この年から翌元禄二（一六八九）年にかけて書き進める。

その際、師の孝和の指導も仰いだ。この年の晩秋（九月）までに兄賢明と一緒に関家宅に数回訪れた。奥様の赤子の世話が大変な時期だったので、余計な心遣いをかけてはいけないと思って長居はせず、その本の中味の概要などを簡単に説明して帰った。

元禄二年には、兄が喪に服していたので書き上げる前一度だけ賢弘一人で関家宅に

伺い、それまでまとめた原稿の概要などを説明して指導を受けた。その間、数回赤子の泣き声が聞こえた。申し訳ないと思いながら孝和の指導を受けた。で、賢弘は途中気が引けて、

「原稿が出来上がりましたら、それを持って先生のお宅にお伺いしますので、その際、目を通していただけたら大変ありがたいと思っています。その時はよろしく」

と言って関家を後にした。

賢弘は、孝和の指導助言を数回受けて書き上げた。同年初冬（十月）の中旬の時雨《しぐれ》日《び》に、仕上げた原稿を持って孝和宅に訪れ、お願いした。

「この原稿に目を通していただき、誤字・脱字をはじめ一般の算者にも理解できるよう読みやすく平易な文章にしていただけると大変ありがたいです」

孝和も今の自分の身体の状況を話して確認する。

「最近、私自身も加齢に伴い若い時のように集中力や根気などがなくなってきているのが分かる。従って、読むのに少し時間がかかると思うが、それでもよろしいか？」

と問いただしたら、賢弘も、

「もちろん結構です。先生の貴重なお時間をこの本のために割いていただき、煩《わずら》わせるのは気が引けますが、先生のご都合の良い時に書き直していただければ大変ありがたく光栄に存じます。よろしくお願いします」

と言って頭を下げて頼む。

孝和は、早速その預かった原稿に目を通し、ゆっくり時間をかけて訂正していった。誤字・脱字などの間違いや、算者に理解しやすいように難しい語彙《ごい》の説明などを平易な文章にして書き直した。原稿は大部であったが、できるだけ間違いがないよう細心の注意を払って読み直し、そして書き直した。すべての原稿を二回ほど目を通し、訂正するのに一箇月ほどかかった。御用から家に戻って娘千夏の世話は嫁幸恵に任せ、自分の時間を最大限使っての手直しだった。

翌十一月（霜月）の中旬の厳寒の折、見直しを終え、その旨を賢弘に知らせた。知らせを受けた賢弘はすぐ関家宅に赴き、訂正されたその大部の原稿をお礼を言って受け取り、風呂敷に包んで持ち帰った。

賢弘は性格上居ても立ってもいられず、その大部の原稿に早速目を通し始める。まず初めに、全部をぱらぱらとめくってさっと目を通し、師の直した訂正箇所をとりあえず確認するが、自身が思っていたほど多くはなくほっとする。

賢弘は、原稿を早く書肆《しょし》問屋のほうに回したい衝動にかられる。御用から戻るとすぐ書斎の文机の前に座り、原稿を開き、師の直した箇所を中心に読み返した。誤字・脱字などの間違いはないか、そして一般の算者に難しい語彙などを分かりやすい平易な文章で説明してあるかなどを確認しながら読み進める。本として公にすることから誤字・脱字・言い回しなど細心の注意を払って読み返した。それを最初から最後まで見直し、そしてこれで大丈夫と自ら納得するまで見て完成させた。

元禄二年十二月（師走）に、賢弘がよく利用している日本橋南にある書肆問屋に赴き、顔馴染みの主人に風呂敷に包んだ原稿を手渡し、本の板行を依頼した。手元から離れるとほっとすると同時に、どんな本が出来上がってくるのか楽しみだった。

（四）

元禄三（一六九〇）年初秋（七月）に、書肆問屋から賢弘の下に依頼された出版物が出来上がった、という文が届いた。

賢弘は首を長くしてこの日が来るのを心待ちにしていたから、心が浮かれた状態で家を出て取りに行った。足が地に着かない状態で足早に日本橋南にある書肆問屋へと向かった。書肆問屋に着くと顔馴染みの主人が待ち受けていて、顔を見合わせるなりにこにこしながら対応した。

主人が奥の棚から本を取り出し持ってきて、賢弘の前に差し出す。

「素晴らしい本ができました。おめでとうございます」

と祝いの言葉をかけた。

賢弘は懐から風呂敷を取り出し主人に、

「ありがとうございます」

と礼を言って、本を包んだ。

「代金は後で、年の瀬に払います」

と言って書肆問屋を出た。

賢弘は夕餉時に、養父の源五右衛門に本ができたことを伝える。

「今日三冊目の『算学啓蒙諺解大成』（七冊）が出来上がって取りに行きました。そこで、その本を手にして、まずこの本を板行するに当たっていろいろ世話になった人たちの顔が思い出されました。まず養父上《ちち》にいの一番に差し上げるべく持参して参りました。どうかお受け取りください」

と言って、頭を深々と下げて手渡した。

源五右衛門は快く受け取り、できた本を手に取ってぱらぱらと目を通す。

「わしは本の中味はよく分からぬが、装丁もきれいで立派な本だな。賢弘が心血を注いで完成させた労作ゆえありがたく頂戴したい。どうもありがとう」

「本を受け取る際、代金のことについて聞かれ、年の瀬にお支払いします、と先方の主人にお伝えしました。その節はまたよろしくお願いします」

「相分かった。賢弘と約束したことゆえ、その時までに何とか工面し用意しておこう」

賢弘は「よろしくお願いします」と再度養父に念を押した。

ほっと安堵したところに、今度は話が一転したのだった。

養父は既に心を固めており、いつ言おうかと話す機会をねらっていたようである。

「実は、前々から賢弘に言おうと思っていたことがある。それをこれから言わせてもらおう」

と言った時、賢弘もピンと来るものがあった。姿勢を正しピンと背筋を伸ばした。自ら心配していた例の件だと思ったからである。言われた内容はまさにその通りだった。だから、肝が据《す》わっていた。

「北條家の家督を賢弘に継がせようと思っておまえを養子に迎えたものの、今年市之進（氏盛）が生まれたことで、彼に跡を継がせることに決めた。そのため賢弘がこれまで長い間、北條家のために尽力し頑張ってくれたことにわし及び妻ともども世話になったと敬意を表し、併せて感謝申し上げたい。改めてお礼申し上げる。ありがとう」

養父のこの言葉に賢弘も心を打たれ、気が少し引けたのか、

「これまで私がわがままを言って家のことはほとんど何もせず、好きな算学に打ち込ませてもらい、そして三冊もの本を若くして出版できたのも養父上《ちち》のご理解とご支援があったからこそと、この際、改めて厚くお礼申し上げます。ありがとうございました」

と言って、逆に謝った。

その話があってから、賢弘は時間を見つけ、兄賢明、父直恒、それと師の孝和宅にそれぞれ赴き、北條家で家督を継ぐのは自分ではなく、今年生まれた実子の男の子に決まったと報告した。その際、実家の建部家に戻るのは、いつになるかは今の段階では分からないが、今年中に戻るのはまず間違いなかろうと伝えた。三人にとっては、彼が実家の建部家に戻るのは残念なことであるが、仕方ないだろうと納得しさばさばした気持ちで聞いた。

丁度その頃、直恒の所に運命のいたずらか、思いもしない話が飛び込んできた。近隣の知人である江崎新左衛門が突然訪ねてきたのだ。用件は、彼の友人から頼まれた

ものだが、御嶽権現《みたけごんげん》の神職になる人を探しているというものだった。直恒の所に部屋住みの覧充がいてどうだろうか、と打診しに来たのである。直恒は、本人の意向もあるから彼から聞いて、最後私が決める、と言って江崎は帰っていった。そして、父直恒は、賢弘が戻ってきたら二人を養うのは大変だと思ったので、じっくり考えた末、賢充を神職に出すことを決断する。

直恒は、賢弘から実家に戻る旨の話があってから翌月（八月〈葉月〉）に、賢充を自室に呼び、事情を話し御嶽権現の神職に就くよう促した。本人もそれを聞いて納得し了承した。

その後、その話を持ちかけた知人の江崎新左衛門宅に足を運び伝えた。

「貴殿からご依頼のあった息子の賢充を御嶽権現の神職に就かせることに同意したい。ただ本人は神職について全くのずぶの素人《しろうと》で何も分からないゆえ、皆様に大変なご迷惑をおかけすることになるが、厳しくご指導いただいて頑張らせたいと思います」

報告を受けた江崎は大変喜ぶ。

「早速先方にその旨をお伝えします。出立の時期については、また追って連絡します。

それまでに出かける準備をしていただけたらありがたい。よろしく」

と言って別れ、その連絡を待った。

そして、賢充は、晩秋（九月）に連れ添う神職に付き従って出立した。

出立するに当たって、父直恒は、

「神職の修行は大変だから覚悟するのは言うまでもないが、くれぐれも体は大切にな」

と鼓舞して送り出した。

一方、賢弘は書きためた原稿や書籍など身辺整理を少しずつ行う。片付けながら、少し立ち止まって考えてみると、北條家に養子に来て十年ちょっと世話になったことになるが、いざ離れると思うと、何となく侘《わび》しい気持ちになり、郷愁にひたっていた。

こうして、その年の仲冬（十一月）に、賢弘は、最後養父母に、

「長い間、本当にいろいろお世話になりました」

と丁寧に挨拶して実家の建部家に戻っていった。

賢弘は実家に戻るとかつて住み慣れた家ゆえ、それほど慣れるのに時間はかからな

かった。

しかし、肩身の狭い部屋住み暮らしが始まった。その時、父直恒に対しては、ただただ大変申し訳ないと思いながら暮らした。というのは、いい年をして自ら禄がないのに後ろめたさを感じながら、しかし好きな算学に打ち込める幸せに感謝しつつ、つましい暮らしをしていた。その際、高齢になっていた父にはできるだけ負担をかけないようにし、その分、家では自らできる身の回りのことはやるように心がけ、父を助けることにした。

それに、自分の時間が増えたので、算学方面の次に目指そうとしている分野に当てた。

天和三（一六八三）年夏に決めた、孝和、賢明との三人による『算法大成』の集大成をするという内容の構成並びに編集の仕事を続行させた。

そして、三人が数箇月に一回孝和宅に集まり、各々が古今東西の多くの数学書を調べ、それらの内容を分類し、各自が工夫して新しく得た数学の理論と公式を持ち寄って侃侃諤諤《かんかんがくがく》と議論を重ねていったのである。しかし、その作業は若い賢弘が中心となってまとめるとはいえ簡単なものではなく、進捗状況は遅かった。ところが、賢弘の持ち前の粘り強い性格の下、少しずつ着実に推し進めていった。

一方、孝和は、これだけの優秀な賢弘の才能を埋もれさせ、部屋住みの身にしておくのはあまりにももったいないと考え、建部家に戻った翌年（一六九一）から藩主綱豊に進言して執り立ててくれるよう強く懇願した。

その願いがかなったのは、二年後の元禄五（一六九二）年十二月（師走）のことだった。賢弘は藩主綱豊公の桜田御殿に召し出され、そこで晴れて納戸番に召し抱えられたのだ。これによって、賢弘も晴れて藩士となった。肩身の狭い立場から脱出し、やっと一人前になったと父の面前で誇らしげに報告した。これにより、父のつましい暮らしにいくらか光明が差し、寄与することができた、と改めて胸をなで下ろした。この報告を受けて父直恒は大いに喜んだ。賢弘の数え二十九歳の時だった。

それに対し、兄賢明のほうは元禄元（一六八八）年十一月十六日、養父賢隆（昌親）が死去し、十二月十六日に家督を継いだものの、養父の右筆の職を引き継ぐだけの書《しょ》の技量がなかったため引き継ぐことができず閑職になった。

しかし、彼の算学の優れた才により五年後の元禄六（一六九三）年五月十九日、幕臣の勤番（御納戸）の士に執り立てられた。賢明自身も幕臣になれてほっと安堵した。やっと一人前の武士になったと胸を張って誇らし気に闊歩《かっぽ》することができた。

この御納戸の士は、将軍や諸侯の金銀、衣類、調度などの管理や出納を掌《つかさど》る役である。

第二十章　『大成算経』の編集

（一）

孝和は、貞享五（一六八八）年五月（皐月）に次女千夏が誕生し、妻幸恵と共に欣《きん》喜《き》雀躍《じゃくやく》した。家庭内の雰囲気は慌ただしくなったが、明るくもなった。今度は、さらに夫婦で協力し合って健康で元気な娘《こ》に育てたいと誓い合った。というのは、長女多恵が病弱で幼くして亡くしたという辛い体験から、今度こそ二人で手を携《たずさ》え、元気な娘に育てたいと思ったからである。

さらに彼女は、孝和数え五十歳の老齢時における遅い娘《こ》だったので、なおさら自分の分身であるこの娘を元気に育てて長生きして欲しいと思ったからである。この時は、人生五十年の時代である。自らもその年齢に達してよくぞここまで生き長らえてきた、と感心すると同時に述懐もした。

そんなことを考えると、これからは自分にとって付録の人生なんだ、と改めて思った。するとまた、これから違った人生を歩むのもいいかな、との考えが膨らむ。それなら、これからさらに健康に留意しながら好きな算学に打ち込みその水準を上げるのに寄与するだけでなく、今まで全く無関心であった娘の子育てにも関心を示し、彼女の長生きに携わって生きていけたらいいかな、と思ったりした。

一方、その頃は自分の心身の不調を感じる時期でもあった。若い時の元気だった頃の状態ではない。足腰が弱くなったと感じ、また物事に取り組んでいても集中力を欠くようになり、根気も続かなくなってきたとも感じ、不安にさいなまれていたのも事実である。それは、御用に出かけ帰ってきても疲れがたまったままで取れなかったりするからである。

しかし、千夏が生まれてからは状況が一変した。この娘《こ》をそばでじっと見ていたり、だっこしてあやしたりするだけで一切のことを忘れ、疲れが取れ和らいでいくのに驚いた。娘から逆に元気をもらった。すると、長女の時と違って孝和の子煩悩ぶりが頭をもたげる。これを発条《ばね》にしてさらに頑張ろうという気持ちが出てきたから不思議である。気力が湧いて若返ったのである。心が躍動した瞬間だった。

この時から孝和は、家庭内で次女千夏の成長を大変楽しみにするようになった。老齢の娘《こ》だったからなおさらその思いが強くなった。それは娘千夏の一挙一動を見ていると、自然とすべてのことが忘れ去られ、若返ったような気分になるのだから不思議だった。

それに対し自分の腹を痛めた妻幸恵の喜びはなおさら大きかった。そのため、今度は千夏の子育てには下女に任せることなどせず、自分の力で夢中になって世話をしていた。溺愛するほどのかわいがりようだった。睡眠を削ってまで娘の一挙手一投足に神経をとがらせ、手をかけ世話をしていたので、ストレスがたまり自身の体がもたないのではないか、と孝和自身も心配した。その様子を見て妻に声をかけるが、「大丈夫です」と言って一蹴された。そこは、彼女の持ち前の頑張りで乗り越えていったのである。

孝和は御用から戻ってくると普段着にすぐ着替え、千夏の下へ行った。千夏を見るのが楽しみだったからである。新たな楽しみがまた一つ増えた。御用のことを忘れ、疲れも取れ、心身を和らげ気が休まったからだ。

初めの頃はお腹が空いたのかよく泣きじゃくっていたが、あやすと泣きやみ、彼女の表情も次第に豊かになっていった。それから這い這い、つたい歩き、一人立ちへと成長と共に行動が移り変わっていった。娘もじっとしていなくなり、その行動に目が離せなくなった。その成長の変化が早いのに驚くほどだった。それと共に片言《かたこと》の言葉もしゃべり始め、自分の感情を外に表すようになり、それに対応しているだけで気持ちも若返って時間が経つのも忘れてしまった。従って、娘と一緒にいる時間も自然と長くなり、自室に戻って算学に打ち込む時間は減っていった。が、その分、取りかかれば算学研究には集中できた。

このように娘の誕生が、逆に自身の算学研究への取り組みにもよい影響を及ぼしプラスの効果をもたらした。

千夏がさらに成長して二歳、三歳になると、女の娘《こ》なのでよくしゃべるようになり、自己主張もし、言動も活発になっていった。

千夏は妻幸恵に躾けられて、朝起きると両親には必ず「おはようございます」と挨拶し、孝和が御用に出かける時は、母と玄関先に出て「父上、いってらっしゃいませ」と、また帰ってくると「お帰りなさい」と黄色《きいろ》いかわいらしい声で出迎えてくれ、孝和も心がほっとし張り合いがあった。その躾は、さらに食事中はもちろん、就寝時にもきちんと挨拶がなされていて、家庭内は明るく潤いのある暮らしができたのである。それゆえ、子育ては大変だが、千夏の存在は家族にとって大きな力となり、充実したものになっていった。

孝和は、この頃天文暦学の研究に勤しんでいた。授時暦についてはほぼ解明できていて、そこに西洋の進んだ天文学が入ってくれば、さらにもっと優れた暦を作り上げることができると考えていた。だから、御用時においては桜田の屋敷内に備えつけてある観測台に登って、細々と決められた時間に観測数値を取って蓄積していった。日食・月食観測の際には、時折だが、一旦家に戻ってから再び出仕し、日没から深夜にかけて観測数値を取ったのである。そして、家に戻ってからそれらの数値を使って計算し、地道な作業だが暦の精度を上げることに努めた。

またこの頃、賢弘は数箇月に一度、兄賢明を伴って関家宅を訪れていた。孝和は、この二人の弟子が訪ねてきて一緒になって話し合うのを楽しみにしていた。普段は寡黙な孝和だったが、この時ばかりは冗舌《じょうぜつ》になった。

賢弘は、その時点までに『算法大成』の各内容項目についてまとめた編集原稿を持ってきて、それに基づいて説明する。孝和と賢明は、それを聞いて感じた点や疑問に思った点、あるいは良かった箇所やまずい箇所など思いついた事柄をざっくばらんに自由に話し合い、検討し、よりよい内容のものにしていった。

その後も三人は時々集まって、進みは遅いもののお互い議論し合って内容をさらに煮つめていき、『算法大成』に盛り込む編集原稿を作り上げていったのである。

話が終わると、孝和はかわいい娘千夏を二人の前に連れてきて紹介し、二人のそれまでの緊張した気持ちをほぐすため、彼女の成長したその時々のありのままの姿を見せ、孝和もそこに加わって二人と千夏との会話を楽しんだ。一方、二人も『算法大成』の話だけでなく、成長して変容していく千夏に逢えるのを楽しみにして関家宅を訪れていたのである。

そのことは、賢弘が元禄五（一六九二）年十二月に甲府藩に召し抱えられるまで続いた。が、それからは賢弘も御用で忙しくなって『算法大成』の編集に携わる時間も減っていき、進捗も遅くなり、同時に関家宅に訪れる回数も減った。その上、兄賢明も翌元禄六（一六九三）年五月に幕臣の御納戸の士となったため、兄と逢う機会も減っていき、相談する機会も少なくなった。それに伴い、賢弘も『算法大成』に費やす編集時間も減っていき、完成も遅れていった。

（二）

さて、孝和は、賢弘のこれまでの三冊の著書に対し師として指導・助言をしたのは言うまでもない。だが、自分自身もこれからいつまで生きていけるか分からない。このことを考えると、天和三（一六八三）年の夏に、賢明・賢弘と自分の三人で話し合って決めた数学の集大成の本を編集し完成させるという思いが一層募っていった。何としても仕上げ完成させるんだ、と意気込んでいた。しかし、自分は老齢なので若者に譲ることにした。その中で、エネルギーに満ち溢れ一番若い賢弘が中心となってまとめ完成させるのが最善だと考え、彼の頑張りに期待することにした。それには、彼を背後から叱咤激励して頑張ってもらい、完成させるんだと目論んだのだ。

つまり、彼を側面から鼓舞し奮い立たせたのである。

ところが、三人が孝和宅に集まる機会は大分少なくなっていた。

三人は集まると、初めは各自が調べた内容をみんなの前で報告する。三人は各々古今東西の多くの数学書を調べ、その内容を分類し、中には各自が考え工夫して新しく得た数学の理論や公式なども持ち寄って、それらを叩き台にして侃侃諤諤《かんかんがくがく》と議論した。その際、集大成の本にどの内容を取り上げるかなども検討した。でないと、それをまとめる賢弘が大変困るからである。そのため、議論に議論を重ねて決めたのである。

さらに、内容項目をまとめる際もまた大変な作業である。そこで、その内容をどういう順序で展開し、まとめるかも検討して決めた。なぜなら、内容を展開する順序が、それぞれの項目によって違うのは一貫性を欠きまずいと思ったからである。書く順序を整える、つまり形式を整えて書いてまとめるのは大事である。この形式が整っていれば、どの内容項目についてもそれに従って書けばよいからである。

このように三人が集まった少ない機会に密度の濃い議論を重ね、『算法大成』に盛り込む内容の選択とその構成、さらに全体を通して書く形式を整えるなどを決めたのは、賢弘にとって都合がよかった。

しかしながら、そのような中、『算法大成』を中心となってまとめる立場の賢弘に大きな人生の転機が訪れたのだった。

元禄三（一六九〇）年、思いも寄らず北條家に実子が誕生した。それによって養子に入っていた賢弘は元の実家の建部家に戻らねばならない破目に陥った。この時、賢弘は複雑な思いでやむを得ずそれを受け入れた。大変辛い体験をしたのだ。それから数箇月というもの気持ちが晴れず茫然自失《ぼうぜんじしつ》の体《てい》であった。

実家の建部家に戻って賢弘は部屋住みの身となり、自分の時間は増えたものの、しばらくは気持ちが晴れず何も手につかない状態だった。

その時、賢弘は時折、兄賢明に会って無駄話をしたり、また一緒に師孝和宅に訪れ

た時、『算法大成』のことはあまり口にせず、気が乗ってこない自らの心身の現状などを話して紛らわせていた。二人からは、

「賢弘の今の気持ちは十分分かるから慌てることはない」

と逆に励まされ、元気をもらい徐々に不安定な心情は取り除かれていった。

翌元禄四（一六九一）年の晩春から初夏になる頃にようやく、もやもやした心のベールが取り払われ、元の精神状態に戻ったが、立ち直るのに数箇月かかった。何とか立ち直ることができ清々《せいせい》した。

それからは、これまで三人で話し合って決めた内容項目に基づいて続きの原稿の下書きを再びまとめ始める。元禄五（一六九二）年十二月に甲府藩士に召し抱えられるまでは、貧窮の中、十分な余暇の時間を『算法大成』に盛り込む各内容項目に関する本読みと編集時間に費やした。

ところが、一つの内容項目をまとめ上げるのにも時間がかかった。それには、それらに関する古今東西の多くの算書を広く読みあさり、そこから問題（例題）を提起し、術理（計算法）に従って解いていき解答を得るのだけれど、それだけでは終わらない。

本題はその後にあった。敷衍《ふえん》していえば、その具体例から一般解を得るまでの方法を工夫して見つけ導き出さねばならなかったからである。その方法を見つけ出すのは言うまでもなく時間がかかる上、さらにその方法を一般の算術家にも理解できるよう分かりやすい言葉で説明しまとめ上げるのだから大変な作業である。もちろん、そのまとめ上げる過程で疑問に思ったり、腑《ふ》に落ちない点などが出てきたら、それを記すことも忘れなかった。それらに関しては、兄賢明に時折逢った時や、また二人で師孝和宅に訪れた時に相談し、解決していった。

ところが、元禄五年十二月に藩の御納戸番に召し抱えられてからは事態が一変する。当然御用に重点が移ることから、『算法大成』の編集に関わる時間は少なくなった。それでも、御用から戻れば自分の時間を最大限使って『算法大成』の編集に携わった。しかし、進行は遅かった。ただ何としてもまとめ上げるんだという強い信念のもとで推し進めていった。

一方、御用のほうはまず仕事に慣れるところから始まり、月日が経つにつれて次第に難しい仕事、さらに藩全体に関わる責任の重い御用へと移っていき、帰りも遅くなる。従って、当然『算法大成』の編集に関わる時間も少なくなった。

　この作業は賢弘一人ですべて行うのは大変なことに気付いた。そこで、兄賢明にも相談しその一部を手伝ってもらうことにした。彼には自分の好きなあるいは興味のあるいくつかの内容項目を分担してもらい、それをまとめてもらった。

　二人はお互い自分のまとめたものを持ち寄り、賢明宅に赴いてそれぞれの内容項目を説明し合って検討した。検討後は、賢明のまとめた内容項目の原稿は賢弘が預かり、自宅に持ち帰ってそれを読み直し、考訂してよいものにした。それらをまとめると、今度は賢弘は兄賢明を伴って孝和宅に赴き、そこで賢弘が各内容項目ごとに説明し、師孝和からいろいろ指導助言を受けてさらによいものにしていった。それらはまた家に持ち帰って各内容項目ごとにまとめ上げ、一層よいものにして完成させていった。

　そして、賢弘は、三人が議論に議論を重ねて各内容項目についてまとめ上げ、算書としての形式を整えて『算法大成』と名付けて、その十二巻を元禄十三（一七〇〇）年に完成させたのである。賢弘が一応完成させたものとはいえ、それを算書として世に出し一般の算者に読んでもらうのにふさわしいものかどうかを確認するため、賢明と孝和の二人も目を通した。

翌元禄十四（一七〇一）年に、二人が読み終えた後、また三人が集まり刊行の有無について議論した。しかし、そこで話し合った結論はまだ不完全であり、もっと立派な内容にする必要があると三人で意見が一致した。

次は、誰がそれをまとめるか、という話になった。まず孝和が口火を切り、自分の意見を述べる。

「わしは六十歳を過ぎ老齢の上、病気がちで物事に集中し考えるのが辛く億劫《おっくう》になってきた。そこで、申し訳ないが、それをまとめ上げるだけの体力と気力がなくなってきたので、若い二人にお願いしたい。できたら、私の意見だが、これまで賢弘が中心になってやってきたので、引き続きまとめてくれると大変ありがたい」

とお願いした。その時、孝和は、「爾歳病患《じさいびょうかん》に逼《せま》られて、考検熟思《こうけんじゅくし》する事能《あた》わず」でできなかったのである。一方、「引き続き賢弘云々《うんぬん》」と師孝和から言われた賢弘も、

「実は申し訳ないですが、私も今多忙な業務に就いていて、『算法大成』を増補訂正するだけの時間的余裕は全くない状態なのです」

と言って断った。

それで、三人の間で長い間沈黙が続いた。大分経ってから孝和が口を開く。

「数学の集大成をして本にするという我々が大胆に企画したこの大事業を賢弘がここでできないということであるなら、あと残す手立ては二つしかない。一つはこの大事業をここで打ち切ってやめるか、あるいは賢明がそれを引き続いてやるしかない。ここでもし賢明もできないということであるなら、我々がせっかく企画したこの大事業も頓挫してしまうことになる」

と、孝和は全身を奮い立たせて二人に向かって切々と訴えた。特に賢明に対してである。

「賢明、わしからのたってのお願いだ。何とか続けてやってくれないか！　賢弘がここまでやってまとめてくれた『算法大成』をここで中断してしまったら、三人が今まで鋭意努力してやってきたことがすべて水泡に帰してしまうのだ。これは三人にとって大変辛く忍びないことだ。言い換えるなら、はらわたが煮え繰り返る、断腸の思いなのだ。これは絶対避けねばならない。とすれば、この仕事を引き継ぐのは賢明をおいて他に誰もいないのだ。確かに賢明自身も幕臣としての御用があるから大変だとは思うが、何とか時間を工面して引き続きまとめてくれないか？　お願いだ！」

と説諭した。

賢明も即答を避け、しばらく考える。が、敬愛する師孝和から懇願されたこともあり、腹をくくって〝否〟と言えず、

「はい分かりました。浅学非才ですが弟賢弘の後、頑張ってやってみます」

と言ってその事業を引き受けた。孝和がほっとし大変喜んだ。

「賢明、どうもありがとう。わしもほっとした。ただわしも老齢ゆえ、これからどの程度手伝えるか分からぬが、何かあれば何なりと言ってくれればできる範囲でお手伝いしたい」

ということで、この事業が何とか継続して行われることになり、一件落着してほっと胸をなで下ろす孝和だった。

賢明は、元禄十四（一七〇一）年冬から幕臣としての仕事の合間を見つけて、賢弘がまとめた『算法大成』の増補校訂に取りかかった。

まず、賢弘のまとめた清書原稿を読み始める。これを基本にして、各内容項目ごとに編集していった。その際、これまで刊行された古今東西のできるだけ多くの算書に目を通し、幅広く調べて考え、詳しく考訂して増補訂正していったのである。それを何度も読み返し、何十回となく推敲を重ねて訂正しまとめていった。この地道な作業を十年間続け、この『算法大成』十二巻を二十巻に増補訂正したのである。

彼はこの書を改めて『大成算経』と名付け、完成したのは宝永七（一七一〇）年のことで、関孝和の没後二年後だった。

孝和、賢明と賢弘の三人が天和三（一六八三）年夏に集まって始めた数学の集大成の本を刊行すると決めてから足かけ二十八年かけてようやく『大成算経』が完成した。賢明が賢弘の清書した原稿を増補訂正し、最後総まとめし清書したのが『大成算経』なのである。

ところが、この『大成算経』には著者名がないのが普通で、中には関孝和とある写本も存在している。しかし、初めは賢弘が首領（編集委員長）となって『大成算経』の編集が始まり、十二巻の『算法大成』として完成させた。が、また三人が集まってこの本の出来具合を議論・検討した結果、まだ不完全でもっと良い内容にしたいと三人の意見が一致した。

しかし、それを編集し直すに当たって各自の状況が変わって、最後、兄賢明が引き受けることになる。そして彼は、それを何十回となく推敲を重ね増補訂正して全二十巻の『大成算経』を完成させたのである。従って、著者名は建部賢明としてもおかしくない。が、彼は自分の名前を広く流布したり、自慢したりするなどは自分の性分に合わないと言って、自分の名前を伏せた。その代わりに、最初賢弘が首領となってまとめた著書だからということで、彼を著者名にしたいとも言っている。

しかし、いずれにしても、この『大成算経』の著者名は建部賢明でも弟賢弘でもよいし、あるいはその兄弟二人、または二人の師匠である関孝和でも、さらには三人の共著としてもおかしくないと思われる。

しかしながら、このように賢弘が『算法大成』の著述・編集などに打ち込めたのは、元禄五（一六九二）年十二月末の甲府藩士に召し抱えられたままでであった。その後は、時代も刻々と移り変わっていったのだ。

（三）

孝和は藩主綱豊に天文暦学など算学を進講する際、彼が西洋の科学と技術の優秀性とその導入の重要性などについて説いてきた。彼のその地道な努力が報われ、さらに間部詮房の後押しなどもあって、綱豊の西洋に関する知識も増していった。併せて興味・関心も膨らんでいった。

毎年三月のカピタン参府の際には、彼らを桜田御殿に招き、西洋の話を聞きながら珍しい文物を自ら手に取って見て確認し、その素晴らしさを知る。このような体験を通して、綱豊自らも西洋の科学技術の優秀性を認めその導入に向けて、禁教の時代であったにもかかわらず、元禄五年に蘭方外科医の桂川《かつらがわ》甫筑《ほちく》を召し抱えたのである。このように、大名が蘭方医を採用するのは大変珍しいことだった。

同年十二月には、賢弘も甲府藩の御納戸番に召し抱えられる。

賢弘は、藩主綱豊の御前ではこちこちに緊張し、藩主を直接見ることができず、あっという間《ま》の拝謁であった。この間、何がなんだか皆目見当がつかず、全く記憶にないほど不思議な瞬間だった。

御前から下がって、大分経ってからようやく我に返る。すると、言葉では表現できないほど感激すると共に、心底から嬉しさが込み上げてくるほど身にあまる光栄なことだったと認識した。これまで自ら生きてきて一番感動する場面であった。これは恐らく彼の人生において一生忘れ得ぬ名誉ある出来事だったことは間違いなかろう。

さらに、想いは膨らみ展開する。

それは、自分自身がどうして藩士に召し抱えられたか？　である。師匠の孝和や兄の賢明などの力に負うところが大きいのは言うまでもない。が、他に我田引水だが、今まで天文暦学など算学の勉学に一心不乱に取り組み精進した結果、三冊の本を刊行するなどの業績が周りから評価され、認められたことにあると自負した。とはいえ、と同時に自らうぬぼれてはならぬとも自戒した。

一方、このたび、賢弘が甲府藩士に召し抱えられたことを、一番喜んだのは直恒であった。それは、数え二十九歳という遅咲きの出仕だからなおさらのことであった。やっと彼も独立し、一人前の食い扶持を得て暮らすことができると思って安堵したのである。これで親も枕を高くして寝ることができると思った。

しかし、よく考えてみると、賢弘は兄弟の中でも三男であり、御用に就くための条件は大変悪かった。そこで、北條家に養子にやった。親もやれやれとほっと一息ついて安堵していたのである。そこに、養子先の北條家で思いもしない出来事が起こった。彼がまた実家の建部家に戻ってくると聞いて直恒は驚き、次第に顔面蒼白《そうはく》となり愕然《がくぜん》とした。これは大変だと思って頭が混乱する。しかし、落ち着いてからは思案に暮れた。

その時、直恒は隠居生活に入っていて、四男賢充と二人で静かに細々と暮らしていた。つまり、二人で飢えない程度の貧しい暮らしをしていたのである。そこに、賢弘が戻ってくるとなると、これまでの暮らしが成り立たなくなってくる。

そこに運命のいたずらか、四男賢充の神職の話が持ち上がってくる。直恒はその話に喜んで飛びつき、彼に神職に就いて独立して一人前に暮らして欲しいと説得し、就かせたのである。

このようにして歯車がうまく回り、賢充が神職になり、賢弘が実家に戻ってきたのである。しかし、直恒の生活は、息子が代わっただけの、相変わらずつましい暮らしに明け暮れていたのである。

第二十一章　次女の病気　――新井白石の甲府家への出仕

（一）

元禄六（一六九三）年十二月十六日、綱豊は儒者新井白石を召し抱えた。彼が召し抱えられるまでには紆余曲折があった。

白石の甲府家への正式御目見《おめみえ》は元禄六年十二月十六日で、戸田忠利の他津田正常《まさつね》、小出直該《こいでなおかた》の三人の家老立合の下、綱豊に拝謁した。この時の白石の待遇は「四十人扶持」だった。

その後、関孝和は、綱豊の御休息の間で白石に引き合わされた。白石は数え三十七歳、孝和より一回り半若い。若いのに年に似合わず目鼻立ちが整い、視線も鋭く精悍な顔つきをしていた。態度も物おじしない自信に満ち満ちた人間のように見受けられた。

まず白石の自己紹介は、自己の過去に味わった辛酸をなめた状況を恥じることなく赤裸々に述べたところから始まった。それには、孝和もちょっと度肝を抜かれ型破りの挨拶に驚いた。

「わしは、最初土屋家に仕えていたがそこを追い出され、次の堀田家ではいられなくなって辞めました。辞めた後、二度辛い浪人生活を送ることになったが、そのような絶望的な生活の中で何とかやりくりして、妻子を飢えさせない程度の貧しい暮らしをしていました。そのような中、このたび甲府家に召し抱えていただきこれ以上の喜びはありません。微力ではありますが、今まで培ってきた学問をもとに藩の発展のために尽力していきたいと思っております。早く御用に慣れるようご指導とご協力をよろしくお願いします」

と控え目な挨拶ではあるが、口上は自信に満ち溢れていた。土屋家では内紛に巻き込まれ追放禁錮刑に、また堀田家では江戸城で大老堀田正俊《ほったまさとし》が斬殺され、その後、不遇の中辞去したことを簡単に包み隠さず打ち明けたのだ。腹の据わった器量の大きな人物であるとただただ驚き入った。

次に詮房から促され、孝和が自己紹介した。

「恐れ多い中、自己紹介させていただきます。私は、英明な藩主綱豊公の下で勘定吟味役として相勤めます関孝和と申します。浅学非才な者ですが、天文暦学など算学に力を入れ磨きながら勘定の御用を務めております」

と自らの御用を謙虚に、かつ控え目に述べた。

そこに、初対面にもかかわらず白石は話好きなのか、孝和を気遣って彼のことについて話し始めた。

「関先生については、前々から西洋天文学や算学を研究して造詣の深い方だと存じております。さらに、先生は、今まで誰にも解けなかった大変難しい問題を解けるようにした傍書法と演段術を見つけて『発微算法』という本を刊行したことも知っております」

白石が孝和という人物を知っていることが分かり、孝和も彼に親近感を感じて話を続けた。

「滅相もございません。貴殿が、算学というまだ一般にそれほど流布していない学問分野にも興味を示していただき、大変光栄に思っております。ただ私も、この算学が、例えば、物の売り買いの商業や天文暦学などの分野でこれからさらに広がっていくと考えて頑張っております。とにかく、多くの人たちに興味・関心を持ってもらえるよう頑張っています」

　孝和は自らの考えを述べるが、白石とのほんのちょっとした会話だけで彼の知識の広さとその優秀さに改めて感じ入った。孝和がこのように驚嘆しているところに、綱豊が口を差し挟んだ。「ははは……」と笑いながら、白石の人となり、つまり彼の人物・学問の深さ・広さなどについてしゃべり始める。

「孝和、どうじゃ、凄い方で驚いただろう⁉　幼少の頃から神童と騒がれただ者ではなかったそうだ。九歳の秋冬の時期に、文字習得のため習字による鍛練で日中に行草（行書・草書）の字三千、夜には千字を書くことを、さらに十歳には『庭訓往来《ていきんおうらい》』を習うのを日課としていたそうじゃ。それにご母堂様からは和歌・物語などの文学方面の手ほどきを受けたということじゃ」

と披瀝《ひれき》すると、白石も少し頬を紅潮させ、恐れ多くも畳につくほど頭を垂れて、殿に、

「やめてください！」

と、低声で阻止する素振りを示した。

白石は、藩主綱豊公からそんなことを言われるとは露とも思わなかったので、恥ずかしさのあまりそんな態度を取ってしまったのである。そこで、遠慮しがちに恥ずかしそうに低声で答えた。

「私が神童だなんてとんでもありません。殿のお言葉を真《ま》に受けないでください。大した人間ではございませんから……」

と自らを否定し、だが続きをまたすぐに話し始めた。

「私はその時まだ子供でしたから、尊敬する親に強要されるままにやったに過ぎません。しかし、今思いますと、その時強要されたことが、その後の私の人間形成上、非常に役立っていると実感しているのです。例えば、私が物心がついてから何事をする

にも堪《た》えることの重要性を学んだし、さらに母による文学方面の学習が自らの情操を豊かにするのにつながっていると思っているからです。それにまた、父正済から幼少の頃に強要されて学習したことが、その後の自らの学問をするための礎《いしずえ》となっているのは事実だし、むしろそれには感謝しているほどなんです」

と、綱豊公の言ったことをやっきになって否定した。

が、綱豊は、さらに白石が幕府儒者の木下順庵に師事しその高弟であったことで、その彼の推薦によりわが甲府藩に召し抱えられることになった、と明かした。さらに、綱豊は、儒者白石がいかに優れた人物であるかなどについても長々と説明した。

ところが、孝和は、その時、儒学に対しては決していい印象を持っていなかった。それは、かつて儒者から学んだ際、天文学に関しての知識がまだ未熟だったことを知っていたからである。

白石は、殿が自分のことをとうとうと話すことに無礼だとは思いつつ、途中、

「殿！　申し訳ありませんが、私のことはもうその辺でいいと思うのですが……」

と発言を遮った。すると、綱豊は話をやめた。そこで、白石は、

「殿、せっかく私の話をされているところに腰を折ってしまいまことに相済みません」

と謝罪した。綱豊も「少し調子に乗ってしゃべり過ぎてしまったかなあ⁉」と自省する。

しかし、孝和は、若いとはいえ優秀な儒者白石を召し抱えたことで、彼との邂逅《かいこう》を得、大きな刺激を受けることになった。

（二）

孝和の娘千夏は、目に入れても痛くないほど順調に育っていった。幸恵が神経質すぎるほど注意していたこともあり、長女多恵とは違ってこれまで病気に罹《かか》ることはなく丈夫であった。

ところが、元禄五（一六九二）年の仲春、数え五歳の時、初めてそれも急に麻疹（はしか）に罹った。小児期に多い伝染病で一度罹れば免疫ができ、二度と罹ることはない。

幸恵は起きがけに、そばに寝ていた千夏の身体がほてっていて熱く、触ると皮膚に赤い小さなぼつぼつがいくつかあるのに気付き、とっさにおかしいと感じた。幸恵は慌てて寝ている夫をすぐ起こす。「何だ！」と聞くと、「千夏の症状がおかしいんです！」と言われ、すぐ起きて千夏の身体を触ってみると、確かに熱があり赤い発疹が少しできているのに驚き、すぐ医者を呼ばねばと思ったが、早朝でまだ用人の久留重種と下女せつが来ていない。そこで、二人が来るまでに少し間《ま》があるので、その間にできる処置をとりあえず行った。

まず、幸恵は壺にある冷水をひしゃくですくい、それを手拭いに濡らしてしぼった。それを千夏の額にのせて冷やす。さらに、七輪で火をおこしやかんに水を入れてお湯を沸かす。白湯にして匙《さじ》で千夏の口に含ませる。すると、美味しそうにゴクンと喉を鳴らして飲み干した。数口飲んだ。娘もいくらかほっとした様子であった。

卯ノ下刻（午前七時）にまず久留が、それから少し遅れてせつが来た。久留は来て挨拶するなり、孝和にすぐ呼び止められ、落ち着きなさそうに慌てて千夏の病状を告げられ驚く。そして、頼まれた。

「実は、今朝娘が熱を出し赤い発疹が少し出ているので、四ツ谷の蘭方医矢沢道玄の所へこれから行き、至急診察を頼んできてくれ。そのついでに藩邸まで足を延ばし、娘の病状を伝え、遅れて出仕する旨を伝えてくれ」

「はい！　承知しました」

と言って急いで家を出た。

一方、幸恵はせつに千夏の病状を伝え、至急お粥《かゆ》を作るよう頼んだ。

半刻ほどして蘭方医矢沢道玄が薬籠《やくろう》を抱えてやってきた。

矢沢は、千夏の寝ている部屋にすぐ通され診察する。

千夏は咳き込み目がうるんでいた。矢沢は手で額を触ったり、腕の脈を取ったり、口を開け中の様子を見たり、胸を開いて聴診したりした。

矢沢から「風邪ですね」と言われ、幸恵と孝和はとりあえずほっとした。ただ幸恵は、

「赤い発疹が少しありますが、大丈夫でしょうか？」

と不安げに聞く。

「熱が下がれば消えるでしょう」

と言われ安堵した。矢沢は帰り際、

「また症状に変化があったら連絡してください」

と言って帰っていった。

孝和は、娘の病状が風邪だと知ってほっとし、久留を伴って遅い出仕をした。

幸恵は、三日目になって熱が下がり風邪が治った！　と思って安堵した。ところが、翌日の四日目朝になって、今度は高熱を出したのに驚く。すると、それから発疹が耳の後ろから額に現れ、顔全体にまで広がった。そこだけでなく、さらに首から手足、胴へと全身に広がっていき、それを見て意識が失せて顔面が蒼白になった。幸恵が狼狽している丁度その時、家に用事があると言って久留が戻ってきたのが幸いした。すぐ彼に、

「娘の症状が急変し、発疹が全身に広がって命が危ない⁉」

と告げ、さらに、

「至急矢沢道玄殿の所へ行き、大至急診察してくれ、と頼んできてください」と頼んだ。それで、孝和から頼まれた用事は後回しにして、急遽《きゅうきょ》矢沢の所へ行くのを優先した。

矢沢がはあはあと息を荒げて久留と一緒に早めに戻ってきた。

ぐったりした千夏をすぐ診察した。

矢沢は、高熱を出し発疹が身体全体に広がっているのを見て、

「これは、間違いなく小児特有の麻疹です」

と即断した。幸恵も麻疹についての予備知識が少しあったので、

「麻疹だと亡くなる公算が高いのでは……。それに全身に発疹とかゆみ、咳などに娘が悩まされている上、食欲もあまりないので心配でなりません」

と、不安な気持ちを率直に伝えた。

「ところで、娘さんのお齢は？」と聞かれ、「数え五歳になります」と答える。

「もっと幼いと抵抗力がないので危ないですが、五歳だといくらか抵抗力があり、これからの経過観察を見ないと分かりませんが、とりあえず今はその経過を見守るより

ほかありません」

と言って錯綜《さくそう》した幸恵の心をいくらか和らげる応答をした。

しかし、幸恵としては気が気でなく、矢沢の力を信じすがるよりほかなかった。

「それではこの子を助けるには、どんな点に注意して看護したらよいですか？」

と幸恵は必死になって聞く。

矢沢は次のことに気を付けて看護したらよい、と助言した。

「大変ですが、高熱の時は気持ちがよい程度に水枕をし、また食欲がないから栄養価の高いものを与え、それに十分な水分を取らせることに腐心してください。さらに娘さんの寝ている部屋は暖かく（二十度ぐらい）して保ち、その上、部屋の中は清潔にしておくことが大事です。人がやたらに出入りするとゴミや菌などが部屋に持ち込まれるのでまずく、といってやたらに厚着をさせたり、部屋を閉め切って高温にするのはかえってまずいです」

さらに彼は続けて言う。

「麻疹は誰でも罹る病気ですが、といって素人療法だけに頼るのは危険です。そのため、私もしばらく経過観察のため診察に来ますからご安心ください」

と言って、安心させて帰っていった。

久留は、孝和から頼まれた用事を家でこなしてすぐ藩邸に戻った。孝和は、

「戻ってくるのが遅かったが、何かあったのか？」

と問いただした。

「家に戻りましたら、奥様から『娘様が高熱を出し身体全体に発疹が出て命が危ない』と言われ、用事どころでなくなってしまい、矢沢道玄殿をすぐに呼びに行ったのです」

「えっ、命が危ないって⁉」

と驚き、孝和は居ても立ってもいられなくなり、そわそわし始める。すると、さっと上司の家老の下に行き、事情を話し「休み」をもらって、慌てて久留を引き連れてわが家へ戻った。

孝和は、娘の容態のことで頭がいっぱいで足早に家に向かった。久留は、老齢の孝和に付いていくのがやっとの状態だった。

孝和は家に着くなり、娘の容態を案じてすぐ彼女の部屋に直行した。幸恵は、片時も千夏のそばから離れず看護しながら少し休んでいたところだった。幸恵も夫が帰ってきたのに驚く。

孝和は急《せ》き立てて訊く。

「久留から『千夏が高熱を出し全身に発疹が出て命が危ない』と言われ、もう居ても立ってもいられず、すぐ休みをもらって駆けつけて参ったのだ」

「先ほどまで道玄先生が診察に見えられ、麻疹だと言われました。その間、千夏の容態のことが心配でならないのですが、せつが一生懸命後押ししてくれ助かっております。例えば、水枕を作ってくれたり、食欲はあまりないものの、せつが作ったお粥や葛《くず》の水団《すいとん》などを私が量は少ないものの、口に含ませ食べさせたり、また白湯を間《ま》を置いて欠かさず飲ませるなどして小康状態を保っております。千夏の命は、現時点では経過観察を見守るしかなく、そのため、道玄先生が毎日診察に来られるということなので大変ありがたいです。今は道玄先生の処置に頼りすがるよりほかありません」

幸恵は、道玄の蘭方医の持つ力に依拠していた。そして、幸恵は武士の娘ゆえ、気丈に振る舞って夫を安心させるべく言った。

「千夏のことは、私が何とかしますからご心配いりません。あなたは御用に専念してください」

だが、孝和としても彼女のその言葉に感謝するけれども、今の自分の思っている正直な気持ちを伝えた。

「かわいい娘の病状がどうなのか心配でならず、それを知ると同時に自分のできる範囲で、手伝おうと思って戻ってきたのだ」

と、ちょっとむきになって言った。

幸恵も看護疲れで相当参っていたのか、神経が高ぶっていた。しばらく沈黙が続いた。

そして、孝和も仕方なくすっきりしない気持ちで自室に戻った。

幸恵は娘千夏を絶対治すという強い気持ちの、その異常な看病が娘に通じたのだろうか、一〜二日後には熱も下がり始め、と同時に発疹も消え始め、あとに黒褐色のしみは残ったものの、これも二週間ぐらいで消えて心配する必要がなくなった。

幸恵の、この異常なほどに徹底した看病により千夏の一命を取りとめることができた。

孝和は、この幸恵の献身的な看護に頭が上がらず、女の執念の凄さというのを改めて身をもって知った。そしてほっとした。が、幸恵の面前では直接「ありがとう」と言えず、心の中で大声で叫んで自身を納得させた。それと、道玄の麻疹に対する適切な処置と助言があったことに感謝するのも忘れなかった。と同時に、千夏の生命力の強さにも感心した。

その結果、千夏は高熱や全身の発疹とかゆみ、咳などに悩まされ、前後十日間も病床に伏したが、幸恵の絶対に治すという女の執念に近いほどの献身的な看護により大事に至らずに治ったのである。これまでの人生においてこれほど嬉しいことはなかった。

そして治ってから、家族三人と久留・せつを交えて夕餉時にささやかにお祝いをした。

第二十二章　母子共に亡くなる

（一）

元禄時代は、一般的に平和で安定し華やかな時代と見なされているが、実は必ずしもそうではない。確かに平和を謳歌したのは事実だが、上は幕府・諸大名は財政難に陥る一方、下の一般庶民は、綱吉の後嗣誕生を願うあまり何度も「生類憐れみの令」が発せられ、幕府の政《まつりごと》は異常性を増していき苦しめられた。それと諸物価は高騰し、人々は生活難に苦しんだのである。また、この時代は武断政治から文治政治へと移行する中、理想と現実との隔たりが大きくなり、庶民の政治に対する不信を強く呼び起こすことにもなった。

そのような中、元禄六（一六九三）年十月（神無月）に、幕府御三家つまり尾張の尾州家・紀伊の紀州家・常陸の水戸家と甲府の綱豊の鷹場（鷹狩の場所）が返却された。同年十二月には、新井白石が綱豊の侍講《じこう》となった。つまり綱豊に侍《じ》して書を講じ、君徳の養成・啓発に資する職に就いたのである。

時は流れ、世は大きく移り変わっていく。

翌元禄七（一六九四）年初冬に、関家にとって全く予期しない辛い出来事が起こった。気温も下がり寒くなってきた時期である。

千夏は数え七歳になり、女の娘《こ》らしくよくおしゃべりもし、母親と少し距離を置くところがあったが、甘えるところもあった。それと自己主張することも多くなり、母を困らせることもあった。が、武士の一人娘として厳しく躾けられた一方、またかわいがられもした。

この時、幸恵は三十五歳であった。丁度、体調も変わり目なのか、疲れがなかなか取れず、頭も何となく重くだるい感じの日が続いた。座ってよく手仕事をすることが多かったのだが、立ち上がる際に、たまにめまいがして足元がふらつき倒れそうになることがあった。が、それはほんの一瞬のことで、またすぐ意識が戻って元の状態になったので、それほど気にもとめなかった。

そんな初冬の肌寒い日、孝和が御用に出かけるのを母娘で見送った後、居間に戻っていた時のことである。幸恵は、縫い物をして半刻ほど経って雪隠《せっちん》に行った時であった。用足しをして立ち上がった時に意識がなくなり、突然倒れたのである。

バタン！　と倒れる音がして、千夏も何だろうと思って雪隠に行くと、母親が倒れているではないか。それで驚いて、「お母さん！」と何度も叫び、身体をゆすってみたが反応がない。大変なことが起こったと思った。とっさに下女のせつのいる所へ急いで行った。

「今、お母さんが雪隠で倒れてしまったの⁉」

と伝えると、せつも驚きそこへ向かった。確かに幸恵が倒れているではないか。千夏は「お母さん！」と何度か叫び、さらに揺すってみたものの反応がないため、次第に血の気が引き顔面が蒼白になっていった。

せつも思いもしない突然のことだったので頭も真っ白になり、どうしたらよいか皆目見当がつかなかった。

しかし、今、家にいる大人は自分しかいない。少し考え医者に行くことと、出仕している旦那様にどう伝えたらいいか、思案に暮れた。そうだ、とりあえずお嬢様を家に残し、自分が早急に行動に移さない限り物事は一歩も先へ進まない、と思った。それも一刻の猶予も許されない状況だ、と思った。

そこで、すぐ千夏に懇懇《こんこん》と諭した。

「おばちゃんが、これからお医者さんとお父様を呼びに出かけるので、その間、千夏ちゃん一人になるけど、お利口《りこう》さんだからお母さんを見守っててちょうだいね。すぐ戻ってくるからね！」

と言い残して、慌てて家を飛び出す。

まず、番町の屋敷の隣に住んでいる大杉家へ行った。奥様が出てきた。

「私は隣の関家の屋敷の女中のせつと申しますが、突然お訪ねして申し訳ありません。実は、今、関家の奥様が突然倒れてしまい意識がない状態なんです。桜田の屋敷に出仕している旦那様に至急戻ってくるようにと伝えたいのですが、私はこれから医者を呼びに行きたいので行けません。そこで、無理なお願いなんですが、誰か連絡してくれるお方はおりませんか？　是非お願いしたいと思って伺ったのですが……」

奥様もその大変な事態をすぐ察知し、

「承知しました。今家にいる者に呼びに行かせましょう。ご安心ください」

と承諾した。大変助かった。

「ありがとうございます」

とせつはお礼を言って、隣家をすぐ後にした。

せつは、速歩で息を切らしながら牛込に住む孝和の弟の内山永行の家へ行った。号を松軒といい、医業に携わっていた。

「奥様が突然倒れてしまい意識がない状態です。すぐ来て診てください」

と、前置きなしに単刀直入に告げる。永行も大変な事態に陥っているなと思って、すぐ出かける準備をし薬籠を抱えてせつと一緒に家を飛び出した。そして、半刻（一時間）ほどして家へ戻った。

千夏は、倒れた幸恵のそばで、

「お母さん、死んじゃ駄目！」

と、繰り返し泣きじゃくりながら叫んでいた。涙が枯れるほどだった。

その姿を見たせつは切なく、言葉をかけづらかった。が、千夏の痛いほど辛い気持ちもよく分かるが、勇気を奮《ふる》って彼女に向かって、

「帰りが遅くなってごめんね。お母さんを見てくれてどうもありがとう。お医者さんを呼んで来たわよ」

とお礼を言いながら伝えた。が、千夏は聞く耳を持たず母親のそばから離れようとしなかった。

「千夏ちゃん、これからお医者さんに診てもらいましょう」

とせつが柔らかく言うと、仕方なくべそをかきながらようやくそばを離れた。

永行はすぐさま幸恵の目の瞳孔や呼吸の有無、腕の脈を取るなどして調べ、停止して反応がないのを確かめてから告げた。

「残念ですが、お母様はご臨終です」

幸恵が突然に、しかもあっけない死に、せつはもちろん、千夏はそれ以上にやるせ

ない気持ちになった。二人はそれからさらに心が乱れ、気が抜けてぽかんとしていた。

永行は、せつに新しい敷布の布団を敷かせ、重い幸恵を背負って床《とこ》に寝かせた。

そんな状況の中、一刻《いっとき》（二時間）ほどして孝和は久留を伴って血相を変え、慌てて息を切らしながら戻ってきた。孝和は、すぐ居間へ行った。

布団に寝かせた幸恵の遺骸のそばには、千夏とせつ、永行の三人がもの憂い顔で黙って正座していた。千夏とせつは悲しさのあまり頭《こうべ》を垂れ、眼に涙をいっぱいためてしくしく泣いていた。弟の永行は兄孝和が戻ってくると、やおら低声で伝えた。

「兄上、大変残念ですが卒中だと思うが、私が来た時点では既に意識がなく息を引き取っておりました」

孝和は、それを聞いて幸恵の遺骸のそばに近づき愛《いと》しい妻に向かって、

「幸恵っ！　何で死ぬんだ。馬鹿者め!!」

と声を発し、わが身を押さえ切れなくなって、そこで大粒の涙を浮かべて男泣きした。心の準備の全くない状態で妻が死んだものだから放心状態となり、茫然自失の体《てい》だった。そして、孝和は自分の身を崩し何もする気になれず、遺骸のそばにそのまま

いるだけだった。しばらくして妻の髪の毛や顔面、手などを優しく触って自分の気持ちを静めていた。

弟永行も、兄の痛々しい辛い気持ちが十分分かるだけに声もかけられなかった。

永行は、兄孝和の気持ちがいくらか落ち着いた頃を見計らって労《ねぎら》いの言葉をかける。

「兄上、このたびはご愁傷さまです。これから家族が別れを告げるための準備として〝死に水〟を、それから死者の遺体を清め、その後、〝枕かざり〟を行ってください」

と言って、次のやるべき段取りを指示した。

〈これらについての詳細は、第二巻の〈学問修業と仕官の道への記〉に記述してあるので参照してください〉

孝和とその家族は、永行の指導の下一つひとつの処置を執り行っていった。幸恵の葬儀を行うための準備を調えていったのである。

そして、その後、妻幸恵の葬儀は、夫である孝和のきちんとした手配の下、滞りなく無事に執り行われたのである。享年三十五。

しかし、この妻の件については腑《ふ》に落ちない点がある。それは、孝和には子供が二人いたのは確かで、公式記録の、つまり『断家譜《だんかふ》』（江戸幕府が開かれて以降断絶した幕臣諸家を世に伝えるため、田畑吉正が紀伝や諸家譜を克明に調査して三十巻〈八八〇余家系図〉にまとめて官庫に納めたもの）と孝和の菩提寺である牛込七軒寺町の「浄輪寺の過去帳」には記されていて残っている。ところが、肝心の妻についてはそこには何一つ記録されていないのである。どうしてか？

推察するに、幸恵という人物は正式の妻（正妻）ではなく、〝妾奉公《めかけぼうこう》〟であったのではないかと考えられる。正式な妻として籍に入っていないから、公式記録には記されなかったのである。言い換えるなら、幸恵は、妾となって養われた愛する女の契約奉公だったと推察されるのである。

しかし、いずれにせよ、孝和の妻については分からない点が多く謎に包まれている。

元禄八（一六九五）年、宮城清行《せいこう》が『和漢算法大成』を出版し、『算法根源記』の遺題と三たび『古今算法記』の遺題に答えてはいるが、遺題はないため、これが遺題承継本の最後となった。吉田光由の『新編塵劫記』から始まった遺題承継本は、日本の和算を独自に発展させた世界的にも稀有な伝統として引き継がれた文化であるが、ここに至って一つの終結を見たのである。また、この年には『算俎』を著した偉大な算学者の村松茂清が亡くなっている。彼は赤穂藩江戸藩邸で奉行を勤めていた人物である。享年八十八。当時としては珍しく高齢である。

（二）

孝和は妻の死亡後、さすがに心身への衝撃が大きく立ち直るのが大変だった。それは数年間続き、気持ちは落ち込んだままだったが、ただ幼子の千夏がいるためそうとばかりは言っていられなかった。従って、千夏の前ではぐっとこらえて耐え、何とかわが身を奮い立たせて表面的に明るく振る舞い、頑張って暮らしていた。父親として何としても育て上げねばならないという思いが強かったからなおさらだった。それで、御用もできるだけ早くけりをつけて退出し、家庭内で彼女により多く接するように心がけた。

しかし、孝和は御用があり出仕するため、妻がいない分せつにそれだけ負担が多くかかり大変ではあるが、そこは強く頼んで母親代わりをお願いした。せつは、今までの関家での暮らしの延長線上にあることもあり、二つ返事で快く引き受けてくれた。大変ありがたかった。孝和にとっては大変助かり、彼女の存在はとても大きく力強く頼りにしていたのである。千夏のほうも母親がいなくなってから寂しかったのだろう。せつに甘えて懐《なつ》いてくれたので、孝和もほっとした。

孝和は、朝夕の食事は千夏と一緒に摂った。また夕餉後は、母親がいた時は自室にすぐ戻って算学の研究に取り組んでいたが、亡くなってからは千夏が寂しいだろうと思って、父親としてできるだけ彼女と一緒にいる時間を多く持つようにした。特に娘は母親を一番必要とする時期だったので、その代わりはできないものの、娘《こ》の親としてできるだけ多く接しおしゃべりをしたり、遊び戯れて時を過ごした。ただ宵《よい》っ張《ぱ》りなど悪い習慣を子供時代に身につけさせないよう早く寝かしつけるようにはした。その後、自分の推し進めている天文暦学の研究に取り組んだ。研究に費やす時間はめっきり少なくなり、それに伴い進捗状況も遅くなったが、続けることに意味があると思って取り組んだ。しかし、天体暦学の研究を推し進めるに当たって、改暦に向けてその暦術計算の精度を上げ確認するため、夕餉後、時折、久留重種を伴って天体観測をとり、桜田屋敷に出仕して行った。

孝和は、その二年後の元禄十（一六九七）年に『四余算法』と『宿曜算法』の稿を起こしている。彼は五十歳を過ぎてからはまとまった著述というのはなく、ノートのような断片として書き示したものを残している。この稿には、黄道《こうどう》（公転している地球から見て、太陽が地球を中心に運行するように見える天球上の大円。赤道に対して二十三度半傾いている）、白道《はくどう》（月が天球上で描く軌道で、黄道と平均五度九分の傾きをもつ）と、土星・木星の（見かけ上の）軌道の交点に関する計算を示してまとめたものである。

またこの年には、孝和にとってそれまで疎遠になっていた弟の内山永章《ながよし》が、甲府藩桜田屋敷で勘定役として新規に召し抱えられ大変喜んだのだった。孝和は四人兄弟で、永章は父内山永明の四男で、それも五十歳と遅いけれどお役に就けたのは幸運だった。もちろん、これは兄孝和による力添いが大きかったのは言うまでもない。

またこの年の五月二十三日、将軍徳川綱吉は親王から上野東叡山《とうえいざん》寛永寺に江戸城鎮護の要として根本中堂を造営するよう奉勅《ほうちょく》される。そして七月一日、上野御普請奉行、すなわち総奉行柳沢出羽守保明《やすあき》（吉保《よしやす》）をはじめとして奉行、小普請奉行などの人事が発表され、工事が始まった。

根本中堂は中堂と文殊楼《もんじゅろう》と仁王門の三つからなっていた。

最初は地質等の調査をした後、毎日数千人の人夫を繰り出して地固めをし、そして整地していった。それから柱を立てることになり、その材木の入札が始まった。

そして、この工事を請け負ったのが豪商紀伊国屋文左衛門（略して紀文と記す）と駿府の五代目松木新左衛門である。その仲立ちをしたのが新左衛門の弟郷蔵《ごうぞう》であった。紀文、新左衛門、弟郷蔵の三人はこの工事請負が決まると、江戸と駿府間を何度も往来して工事を進めた。

根本中堂造営場所を丹念に調べ、さらに設計図面を詳細に見て、柱材や梁《はり》板などにどこの材木を使用するかなどを検討した。そして、三人は遠州の木材に目をつけ急いで大井川を上って千頭《せんず》山に入り、山大尽《やまだいじん》と交渉してそこの材木を使用することを決めた。山大尽は、御用木を切り出すのを名誉なことだと承諾し、協力してくれたのである。

紀文と新左衛門、郷蔵の三人は樵《きこり》を集め、それぞれの山に入って伐採に当たった。その伐採した木材は、遠州千頭山から大井川を下り、金谷《かなや》から海上を江戸まで運んで使用したのである。

その造営には、毎日千とか万とか数えきれないほどの多数の職人が参集され、その集まった職人たちは夥《おびただ》しい木材を切ったり削ったりし、さらに屈強な人夫たちは大石を運搬した。柱から始まり、棟木《むねき》など大きな材木を千人に及ぶ大人数で「わいわい、がやがや」と激しい口調でやり取りしながら簡単に引き上げ、そして組み立てていった。

この時、根本中堂の造営に中心となって携わっていたのは五代目の新左衛門である。

寛文八（一六六八）年生まれの数え三十歳である。

そして新左衛門は、祖父の新左衛門新斎と番頭・手代を伴って工事の進捗を見るため何度か江戸へ上った。その時、たまたま上京したこともあり、昔の顔馴染みだった孝和に長らく御無沙汰して逢っていなかったので、ついでに関家に立ち寄って旧交を温めたのである。

祖父の新左衛門新斎は三代目の数え六十七歳のかくしゃくとした老人であった。彼は孝和より八歳年上である。しかし、仕事に関しては五代目の孫の新左衛門にすべて任せてあるので、彼は物事を大局的な見地から判断・決定し、全体を統轄する総監督の立場にあった。といって、特に孫に口出しするようなことは少なかった。しかし、自身はよく動き回って仕事をしていることから元気だった。従って、外見上は孝和より若く見えた。

孝和は、新左衛門一行が久しぶりに顔を出してくれたことを喜んだが、ただ妻幸恵が亡くなった事情を説明して十分なもてなしができないことを詫びた。しかし、二人は本当に久しぶりの邂逅《かいこう》だったこともあり、今までの積もった尽きない話題に花が咲き、和やかな雰囲気の下で和気あいあいと話し込んだ。例えば、お互いの家族の近況や御用に関する身近な話から世間話、今起こっている出来事。さらに駿府で暮らしていた当時の思い出話などいろんな話にまで発展し弾んだ。特に、駿府での思い出話の時などはお互い当時を懐かしんでいた。周りの者も、時折、相槌を打ちながら二人の話を楽しそうに聞いていた。孫の新左衛門の話になると新斎も顔がゆがみ、誇らし気に語った。

「孫は算学に大変興味・関心を持っていて、孝和様に弟子入りするんだと言って聞かないんです」

孝和も、

「お孫さんを受け入れるのはやぶさかでありませんが、ただその時は予めご連絡してくれるとありがたい」

と言って笑みを浮かべて応えた。

その時、新左衛門は微笑みながら特にそれに関して発言することはなかった。言った後、孝和のほうも内心、自らも高齢になり、妻も三年前に亡くし、その上、千夏もまだ子供で小さいため、彼女を育てねばならないこともあり、果たして大丈夫だろうか、とちょっと危惧した。

いずれにしても、孝和は駿府で食客として世話になっていた新左衛門新斎の時代から、今は孫の五代目新左衛門が活躍する代替わりの時代になっていることに隔世の感がする一方、改めて時の経つのが早いのに驚く。

帰り際、新斎が、

「また、江戸に上った時、お伺いするかも知れませんが、その節はまたよろしく」

と言うと、孝和も、

「どうぞどうぞ！　お逢いできるのを喜んでお待ちしております」

と返してお互い懐かしんだのち、半刻ほどして関家を後にした。

翌元禄十一（一六九八）年八月十一日、江戸寛永寺根本中堂が完成し、同月二十九日にその勅会《ちょくえ》供養が盛大に催された。そして九月六日、京都瑠璃殿《るりでん》の勅額《ちょくがく》が京より東叡山に到着したが、その日の晩、運が悪いことに数寄屋町から出火し半鐘や擦半鐘があちこちで鳴り響く中、火は東叡山にまで及び同寺の仁王門・本坊・厳有院廟を焼失し千住まで及んだのである。そのため、勅額火事とか中堂火事と呼ばれた。

(三)

元禄十二(一六九九)年、孝和は『天文数学雑著附二十四気昼夜刻数』の稿を起こしている。この稿の目的は天文暦学の研究をゆっくりと続け、暦術を研究しその精度を上げて改暦を実行することにあった。つまり理論だけでなく天体観測を継続して行い、その精度を高めて改暦につなげることにあった。北極星の高さを測定し、この値から夏至、冬至の昼夜の長さを計算した。

また孝和は、月食観測の場合は日没から深夜に及ぶため、その時はせつにお願いして千夏の面倒を見てもらった。同年八月十六日戌《いぬ》ノ下刻(午後九時)のことである。孝和は、用人久留重種を伴って桜田の屋敷内に設置してある観測台に登って月食を観測した。これは、自らの計算した結果に基づき、頒暦に記載されていないが、その計算が正しければ三分の月食が見られるはずだ、と思って観測した。が、実際は見られなかった。日にちが違うこともあるので観測は十四日から始めて今夜で三日目になるが、見られないというのはその計算が間違っていたことになる。それでも、彼は日食や月食を詳細に観測し図解して、それらを整理しまとめたのである。

この時、娘千夏が夏風邪を引いたらしく熱を出す。

孝和が久留と一緒に天体観測の御用から戻ってくると、せつがしんみりと、

「お嬢様が夏風邪を引いたらしく熱を出し、体調があまりかんばしくありません」

と告げた。孝和も幼時に麻疹に罹ったほかはこれまでほとんど病気らしい病気に罹ったことはなく、丈夫だったので驚く。心配し、すぐ千夏の寝室に行き声をかけた。ゆっくり休んでいる千夏を起こし、そして聞いた。

「千夏！　ただいま。休んでいるところを起こしてごめん。今帰ってきたよ。せつさんから夏風邪を引いたらしいと聞いて心配ですぐ来たんだ。体調のほうはどう？」

「食《しょく》があまり進まず、それに頭痛がし、身体も熱っぽくだるい感じがします」

と今の症状を素直に伝えた。すると、孝和も相槌を打って、

「そぉか……辛いだろう」

と慰めると、「うん!」と頷く。続けて、

「確かに今は辛いかも知れないが、少し我慢すれば治るから心配しないでいいよ。とにかく、ゆっくり休んで食事をきちんと摂り、熱があるから水分を十分取ることも忘れずに早く治そう」

と諭してそこを出た。

娘に余計な刺激を与えず、十分に休ませたほうが治りも早いと判断したからである。ただ千夏の症状のことを大変心配し、孝和はせつに頼んで泊まってもらい、そばにいて娘への世話と対応をお願いした。

千夏が夜中に何度か目を覚まし、雪隠に付き合ったり、白湯を飲ませたりなどして対応してくれた。その都度症状を聞くが、「調子はあまりよくない」と答えていた。

孝和も、床に就いてからも天文暦学のことより千夏の病状のことのほうが心配で十分寝られなかった。

せつも十分な睡眠がとれない中、頑張ってくれ本当に助かった。孝和もせつに内心感謝する。

そのような状態の中、せつは外が明るくなり始めた頃、起き出して朝餉の準備をした。千夏も体調がすぐれず食欲不振の状態だったので、食べやすいように流動食にしてお粥や固形物を柔らかくした。

孝和は千夏に声をかけて起こす。

「具合はどう?」と聞くが、「あまりよくない」とぶっきらぼうに答え、かんばしい返事は返ってこなかった。

せつは、朝餉を膳にのせて運んできた。

孝和は、千夏にうがいをさせるため、せつに水を頼んで持ってきてもらい、口内をきれいにした。

「自分で食べられるか?」

と聞くが、身体がかったるいのか、

「食べたくない」

とつれない返事をする。

「栄養を身体に補給しないと、病気はいつまで経っても治らないよ。とにかく、食べなければ駄目だ。食べなさい！」

と少しきつく言って促した。が、返事がなく、しばらく黙っている。

しびれを切らした孝和は我慢ができず、彼女に、

「自分で食べようとしないなら、お父さんが食べさせてあげる」

と柔らかい口調で促した。そして、千夏の身体を起き上がらせ、食べさせた。

お粥を匙《さじ》に取りふーふーいって冷まし、千夏の口元まで持っていき食べさせた。彼女は喉を鳴らして飲み込む。彼女もよほどお腹が空《す》いていたと見え、今まで何も食べていなかったのにお粥をはじめみそ汁、柔らかくした香の物などを口元に数回持っていき流し込んだ。その時、噛むようにと言って食べさせた。さらに、熱も出ていたので白湯を飲むのも促し、飲ませた。量は少なかったが、彼女も食べたことによりいくらか生気を取り戻したように感じられた。彼女も食べ物をいくらかお腹に入れてほっとしたのだろう、また床に横たわって休む。

孝和も量が少ないけれど食べてくれたので、一時《いっとき》だが安堵する。

しばらくして用人の久留が出勤した。孝和は彼をすぐ呼んで用を言いつけた。千夏

の具合が悪くその症状を簡単に説明し、蘭方医矢沢道玄を呼びに行かせ、ついで藩邸にまで足を延ばし、遅れて出仕する旨を伝えてくれと頼む。

久留は急いで家を出る。

矢沢道玄は薬籠を抱えて半刻ほどして来た。

孝和は娘が発熱、頭痛、咳、食欲不振、倦怠感などの症状が出ていることを説明する。

道玄は千夏の身体を起こして診察する。まず顔色を見、それから眼球や口の中、腕の脈をとり、さらに寝巻きを上にあげ胸に手を当てて触り、指で打診して音を聴くなど問診した。そして、

「夏風邪だろう」

と判断して薬を調合する。主に木の皮、草の根、葉などを乾燥させて細かく砕いた物を、薬研《やげん》を使って粉にし薬石《くすり》にした。食後、この薬石を飲ませるようにと言って、孝和に渡した。

問診後、道玄は孝和に次の点に気を付けるよう伝えた。

「彼女は風邪の症状のほか、咳き込んでいるゆえ、呼吸器も患《わずら》っています。従って、絶対安静にし、食欲に応じた栄養補給と水分を十分に取るようにしてください。それに、時折空気を入れ替えて部屋を換気するのも忘れないでください。それから、もしこれから症状が改善されなかったりしたら、再び診療に伺います」

と言って帰っていった。

久留は、道玄が帰る前に既に戻ってきていた。

孝和は、道玄から言われたその治療法をせつに伝え、千夏を世話するようお願いした。

遅くなったが、孝和は久留を伴って御用に出かけた。その日は、千夏のことが心配で御用を早めに終わらせて帰宅した。

せつからは、朝餉をいくらか摂ったので少し良くなったと思ったが、その後は食べないので症状はよくなったとは思えません、と伝えられた。

孝和も千夏の寝室に行き、「具合のほうはどう?」と聞くと、

「朝餉を摂った後いくらか良くなったと感じたけど、その後、症状はいつもと大して

変わりません」

と答える。

「昼餉は摂ったの？」

「食べたくなかったので、摂りませんでした」

と言うと、

「食べなければ駄目じゃないか。栄養補給しないと治らない上、元気も出てこないんではないか」

と諭した。夕餉も食べたくないと言ったけれど、孝和は強《し》いて食べさせる。せつにはお粥と葛湯《くずゆ》、大根の煮物などを作ってもらった。

「無理してでも食べなきゃ駄目だ！」

朝餉同様、お粥と葛湯、大根の煮物を匙で口元まで持っていき流し込んだ。

「美味しいか？」

「味がしない」

と素っ気ない返事が返ってきて、少しカチンと来る。なぜ作った人の気持ちが分からないんだ、と口に出かかったがぐっと堪《こら》えて飲み込ませた。少しでも食べさせ、良くなってもらいたいと思ったからである。

しかし、その後は無理して食べさせようと強いるが本人は拒否し、身体が少しずつ衰弱していく。

十九日になって悪寒《おかん》と戦慄を覚え、同時に三十九〜四十度の高熱を出し、本人も一層辛そうになり症状は悪化する。すぐ道玄を呼び、孝和も休んで二人で懸命に看病するが、症状は一向に良くならなかった。翌二十日には呼吸が苦しいと自覚症状が顕著になる。本人も「息苦しい」とか「胸苦しい」「息切れがする」などと言って呼吸困難になってきたのである。

そして、八月二十一日未明に呼吸が止まり亡くなった。肺炎であった。享年十二。

牛込七軒寺町にある菩提寺浄輪寺の多恵の墓に一緒に埋葬したのだった。法名を〈夏月妙光童女〉という。

孝和は、頼みにしていた娘千夏を失ってからその衝撃があまりにも大きく、急に老け込み体調を崩し、しばらく寝込んでしまった。孝和は、今まで具合が少々悪くなっても滅多に御用を休むようなことはなかったが、このたびの娘の死去ばかりはさすがに堪えどうすることもできなかった。そのため、用人久留を使って藩に申し出て、しばらくの間暇をもらったのである。

せんじ詰めれば、前途洋々なこれからの若い千夏の死は、孝和にとっていくら悔やんでも悔やみきれないほど衝撃的なことだった。人生の順番からすれば、年寄りの自分が先に逝き、若い千夏が残って世のため人のために一層頑張って生きてくれたほうがずっとましだと思ったからである。ところが、それが逆転してしまい、本当にやるせない気持ちになった。心身から魂が抜けたような状態になった。

しかし、一方、孝和は、個人的に自分だけの代で終わってしまうのは虚しく悲しいと思っていた。生まれた以上、生きた証として血を分けた家族が欲しかった。関家という家族に執着していて、子供が欲しかった。それを娘の千夏に託した。彼女が婿養子をとって子供を生み、関家を繁栄させ、その上、自らも死ぬ時、家族に看取られて死にたかった。それを唯一の楽しみにして生きてきたのである。つまり、孝和は前々から関家断絶を防ぐため、娘千夏に婿養子をとって存続させると考えていたのだ。ところが、その頼みにしていた娘を失いそれがかなわなくなった。失望落胆し、その精神的痛手は計り知れないほど辛いものだった。血を分けた子がいなくなってしまったことに衝撃を受けたのだ。従って、その関家を存続させるためあと残された手段は、他から養子を迎え入れるほかなかった。妻の死と同様、今回の娘を亡くした悲しみというのは、言葉で言い表せないほどわが人生において一番辛い出来事だった。

第二十三章　甲府侯西の丸入りと孝和

（一）

元禄十二（一六九九）年十一月四日、白石は儒者から寄合になった。が、藩主綱豊に経術（儒道）を侍講するという状況は変わらなかった。寄合というのは元々、年齢・健康あるいは不行跡といった理由で隠退者に適用されるものだった。それゆえ、表向きの理由は健康上すぐれなかったことによった。事実、彼は出仕期間中、慢性の下痢を患っていて、特に一六九七年から一六九八年にかけては体調がすぐれなかった。

しかしながら、彼のその健康状態が本当の転任の理由ではなかった。幕府も大名も、通常の役職体系の外にいる人たちにより高い身分へ昇進させる手段として寄合に任命することがあった。白石のこのたびの寄合への任命もこれに相当した。職務内容はこれまで同様、綱豊への侍講と変わりなかった。このことから、彼の地位が甲府家臣団の中で一段階上に昇進することになったのである。

翌元禄十三（一七〇〇）年十二月六日に徳川光圀が亡くなる。享年七十三。

三十五歳の若き権力者間部詮房は奏者番から用人に昇進したばかりであった。彼は孝和を用人部屋へ呼び、目元に威厳を見せながら言った。

「このたび用人へ昇進し、殿から孝和殿へのご指示は拙者を通してなされることになった。ご承知おきくだされ」

「ははっー。承知仕《つかまつ》りました」

と平身低頭し、恭しく承った。詮房は光圀公逝去の一報を伝えた後、彼の業績などをとうとうと語り始めた頃、世継ぎのことにまで話が及んだ。

「水戸光圀公は剛直と諫言《かんげん》の人でした。だから上様（綱吉）にとって彼は最も煙たい存在でした。その時、上様にはまだお世継ぎが誕生していませんでした。

上様は四代将軍家綱公の死後、その跡を受けて将軍の座に就くことができたのです。が、わが殿綱豊公の父綱重様が生きておられれば、その跡に将軍の座に就くことができたはずでしたが亡くなられてしまい、次の弟である綱吉に回ったのです。そして、上様はその子徳松《とくまつ》を次のお世継ぎにしようとした時、光圀公は長幼の序を重んじてそれに強く反対し、甥《おい》の綱豊を迎えるべきだ、と主張したのです。この徳松は、天和三（一六八三）年五歳で亡くなられ、このまま行けば、次の将軍は兄綱重公のお子、つまりわが殿綱豊である、と遺言したのです。

一方、上様はそれ以降、後継の男子を得ようと焦り、『生類憐れみの令』を強化し、『犬公方《いぬくぼう》』と悪評が立ったのです。いずれにせよ、上様はこのようないきさつがあって綱豊公を好まなかったのです」

孝和は、端正な顔をしている詮房がとうとうと語るその姿が、失脚した前の上司山口直矩の顔と一瞬重複し、変な気持ちになった。というのは、詮房も綱豊を次なる将軍にすることを目論んでいるなと察知していたからだ。つまり、自分の本心を語ったと思ったのだ。

しかし、それを直感した詮房は、自分の胸の内を吐露したのがまずかったと思ったのか、

「いやいや、悪い冗談を申してしまった、許せ！」

と言って快活に笑って誤魔化した。

この山口直矩は、翌元禄十四（一七〇一）年正月十六日の、年が明けてから亡くなった。孝和もかつて世話になった山口の葬儀には参列したが、元家老職にあった人のそれとは思えないほど質素なものであった。


同年三月十四日、城内で桜の花が咲き誇る日の、神聖な場所である江戸城内の白木書院で血なまぐさい事件が起こった。それは、赤穂藩主浅野内匠頭長矩《たくみのかみながのり》が、高家《こうけ》（幕府の儀式・典礼のことを掌る）の筆頭吉良上野介義央《こうずけのすけよしなか》を小刀で斬りつけ、背中と額とに軽傷を与えたのである。

幕府は即日、殿中で義央を斬りつけた長矩を罪人として奏者番、田村右京太夫の屋敷に預け自刃を命じた。一方、義央はお咎《とが》めを受けなかった。

翌十五日、幕府は赤穂藩を没収し長矩の弟長広を閉門に処した。つまり、赤穂藩は改易となったのである。

この城内での血なまぐさい事件は、城内外にすぐ伝播《でんぱ》した。その様子は、孝和の耳にもすぐ入った。斬りかかった長矩は意趣があったと証言し、相手の吉良は生き残り咎めを受けなかった。これはおかしいと、孝和は直感した。なぜなら、長矩の意趣であるなら喧嘩両成敗となってしかるべきだと思ったからである。つまり、長矩を切腹させるまでもなかったと思ったからだ。

それからしばらくして賢弘が孝和の屋敷に久々に訪れる。

賢弘は御用のほうがあまりにも多忙だったため、孝和と兄賢明の三人で決めた数学の集大成としてまとめた『算法大成』の原稿を完成させる十分な時間が取れなかったので、賢明にその原稿を預け、それを完成させるよう依拠していた。

賢弘は情報には大変敏感でこの事件の情報を集めていた。この件に関して孝和が新たな情報を持っていないか、探りに来たのである。

「よく来たな。何もお構いできぬが上がれ」

と言って部屋に通す。

対座すると、賢弘が話を切り出す。

「このたび事件を起こした赤穂藩は、先生もよくご存じの『算俎』を著した村松茂清殿がいた藩ですね」

孝和も思い出したように、「そうだな」と頷いた。すると続けて、

「わしも『算俎』から円周率の計算の仕方などについてたくさん学び、その学識の豊かさと素晴らしさを知って驚き、彼に尊敬の念を抱いているよ。だから、今思うと縁がなくて生前の村松茂清殿と逢う機会がなかったのは残念至極《しごく》でならない」

と相槌を打ち、残念がった。

「先生は、その村松殿の遺族のことについて何か知っていることがありますか？」

「いや、全然知らないな」

すると、賢弘が興味深い話をした。

「あの藩には、村松秀直、高直父子がいて、この二人は村松茂清の子と孫なんです」

「そうか、で……」

と言うと、賢弘がその続きを話す。

「秀直は村松の娘婿となって武士となるが、町人出身らしいです。村松殿のことを考えると、彼も算学の腕を見込まれて婿に入ったのではないでしょうか。最近は、町人の算者も増えていますからね」

「先生が、もし村松殿のことについて情報が入ったなら教えてください」

と言って帰っていった。

その頃、大石良雄は赤穂浅野家の家老でその再興を図ろうとしたが、改易によりかなわなくなり、京都山科の里に移り住んでいた。

三月二十六日、吉良義央は御役御免となり、辞職する。一方、世論は浅野家の吉良に対する復讐《ふくしゅう》を煽《あお》り立て、それに押されて大石もついに復讐の意を決し、周到な計画を立てて、元禄十五（一七〇二）年十二月十四日、赤穂浪士による吉良邸討ち入りがあり、義央の首級《しゅきゅう》をとったのである。そして、浪士は亡き主君の遺恨を晴らしたのだ。

しかしながら、翌年二月四日、世間から多くの同情を得ながらも、幕府は大石良雄ら四十六人に切腹を命じ、高輪泉岳寺に葬った。そこにその討ち入りに加わった村松秀直、高直父子も含まれていた。

（二）

　元禄末年から宝永年間において、日本列島では大災害が連続して起こった。

　元禄十六（一七〇三）年十一月二十二日、日没頃から稲妻が走って光り、雷鳴が轟いていた。そして、翌二十三日の丑ノ刻（午前二時）頃、江戸・関東地方に大地震が発生した。元禄大地震である。震源地は房総半島沖合、マグニチュード（M）は7・9〜8・2で、特に小田原から川崎にかけては被害が甚大で、家屋はほぼ全倒壊、山間部では山崩れ、そこかしこで地割れが生じ、砂や水が噴き出す液状化現象が起きた所もあった。また、津波も外房と相模湾（鎌倉〜下田）ですさまじく、御宿と鎌倉では八メートルの大津波に襲われたという。江戸では石垣が崩れ、家屋が倒れ火災も発生し、震域全体を通じて六千七百人以上が死んだという。

　番町の孝和の屋敷も怪我人こそなかったが、壁が崩れ、軒も傾き、井戸水もひどく濁って暮らすのにしばらく難渋した。孝和と久留、せつの三人も途方に暮れながら少しずつ片付けながら暮らしていた。

が、数日後、駿府の五代目新左衛門が、このたびの大地震によって江戸の得意先や親族などがどうなっているか、その情報収集と救援のため手代など使用人三人を派遣し、支援に当たったのである。

孝和邸にも突然その三人が訪れ、手伝いに加わり、後片付けから修復など率先してやってくれ、十日もしないうちに元の暮らしが送れるようになり助けられた。この思ってもいない支援によって、関家も早めに元通りの平常な暮らしに戻って安堵した。これにより孝和も彼らの格別な尽力に感謝すると共に、ささやかなお礼の品物を渡した。併せて、新左衛門にも、彼が派遣してくれた三人の使用人の支援により無事平常な暮らしに戻ることができ、そのご厚情に胸を熱くしたと、礼状と返礼品を贈って感謝した。

元禄年間は一般的に平和で安定し、華やかな時代であると見なされる反面、幕府・諸大名は財政難に陥り、一方、一般庶民は「生類憐れみの令」に加えインフレにより生活難に苦しみ、その世情不安と同時に天変地異が続き、そしてこの元禄大地震によって幕を閉じたのである。つまり、この大地震で翌年三月十三日に「宝永」と改元されたのである。

宝永元（一七〇四）年十二月五日、綱豊が五代将軍綱吉の継嗣と決まり、その前日の四日、将軍の使者が訪れ、「明五日に登城すべし」と極秘に伝えてきた。

綱吉は世継ぎ誕生を、ある意味気が狂うほど求めていたが、依然としてそれはかなわなかった。それでも紀伊綱教《つなのり》に嫁いでいた鶴姫に男子誕生を請い願っていて、彼女に最後の希望を託していた。が、四月十二日にその鶴姫が病没してしまい、その夢は絶《た》たれてしまった。そこで、綱豊が綱吉の世子となったのである。

綱豊は多くの家臣団を引き連れて将軍の世継ぎの居所である西の丸に入った。時に四十三歳、これまで甲府藩主の地位に実に二十六年、四半世紀余の長きに及んでいたのである。これによって甲府の家臣たちの身分にも変動が生じることになり、幕臣となったのである。綱豊はその四日後の九日に家宣と改名する。

用人の間部詮房は叙爵《じょしゃく》として従五位下越前守《えちぜんのかみ》となり、書院番頭となって千俵の役料を賜った。

儒者の新井白石は、二十六日、西の丸寄合となった。

孝和も御家人に列し稟米《りんまい》二百五十俵、月俸十人扶持を賜り、十二日に西の丸御納戸組頭となって、のち月俸を改められ、稟米三百俵となった。

建部賢弘も西の丸御広敷添番として百俵、三人扶持を賜った。

年も改まり宝永二（一七〇五）年になった。

孝和は、その時、家宣が近々将軍になったりすれば、天文方の渋川春海を差し置いて、自分らに改暦のご沙汰があるかも知れないと思って、御用の合間を縫って天体観測を行ったりした。と同時に、家に帰ってからも天文暦学の研究に一層拍車をかけた。

しかし、それは自らの心身の不調であまり長続きはしなかった。というのは、六十七歳になった孝和にとっては、高齢も加わって身体の不調を訴えることが多くなり、時折寝込むこともあり、御用に差し支《つか》えることも出てきたのである。こればかりは、自らの意思だけではどうすることもできない。そう長くは生きていられないかも知れない、と弱気な気持ちが頭をもたげ、気が急いた。

すると、関家を存続させるという思いが強くなっていき、いち早く養子を迎え入れねば駄目だ、と行動に移すことになる。つまり、養子として誰を迎え入れたらよいか、早く決めるべく行動に移さねばならなかったのである。それには、身辺にいる孝和の親族、関家や内山家で養子に迎え入れるのにふさわしい子がいないか、まず見渡した。すると、年格好から養子に迎え入れるのに適した子がいることを知る。その子は、孝和の次の弟で医師内山松軒の子、新七郎である。その時、彼は元服を過ぎたばかりの十六歳の立派な大人になっていた。

同年三月（弥生）の、春の新緑でまばゆい陽気の日のことである。

孝和は幕臣として多忙な時期の一時《いっとき》の休みの日に、牛込の松軒宅へ突然訪れた。弟も兄孝和が突然訪れ顔を出したものだから、一瞬驚くと同時に久しぶりの来宅でもあり、快く受け入れた。

対座するなり、松軒もよほど嬉しかったとみえて話を切り出した。

「このたびの兄上の幕臣への昇進、本当におめでとうございます。弟として親族に幕臣を務める人間がいることを殊の外誇りに思うと共に嬉しくもあります。ただ兄上もお齢を召しているゆえ、健康には特に留意し慣れない御用を頑張っていただけたら、と陰ながら祈っております」

「ありがとう。幕臣になるのは名誉なことではあるが、御用も広範囲にしかも仕事量も増えてきて、慣れるまでに確かに大変だな。ただここで大変申しにくいことだが、わしも加齢に伴って確かに最近は心身の不調がひどくなり、とりわけ自分の健康のことが気になり心配にもなってきた。それにつけても自身も関家を存続させる使命があることを痛感するようになり、早くその養子になる人物を探し出し決めねばならないと思って参ったのだ。つまり、貴家の息子新七郎さんはどうだろうと思って来たのだ」

　孝和は、松軒宅に来た主旨を単刀直入に告げた。

「兄上の考えは相分かった。本人の意向もあることだろうし、とりあえず聞くけれど最後はわしが決める」

　と断言した。

「すぐにではないが、検討しておいてもらえたらありがたい。また、近々お伺いしたいと思っている」

　と言って松軒宅を後にした。

　半月ほどして休みの日、巳ノ刻（午前十時）にまた孝和が訪れた。

　孝和は松軒と対座すると、前置きなしにすぐ本題に入った。

「例の息子さんの養子の件についてはどうなっただろう？」

　孝和は、その結果がよほど気になって知りたがったのだろう、すぐに聞いた。

　一方、松軒はそんな慌てることはないだろうと思ったが、兄の気持ちもよく分かるので、

「兄上、そんな慌てなさんな！　わが息子の貴家への養子の件については、当家としても喜んでお引き受けいたします。わが新七郎が幕臣の関家に養子に入るのは、当家にとって大変めでたく光栄に存じております」

　孝和もそれを聞いて顔が柔和になり、笑みを浮かべる。

「そうか！　それを聞いてほっとして胸がすっきりしたよ。本当に良かった」

　と、喜び、溜飲を下げた。

「それなら息子さんに早速逢いたいな、いるかな？」

と問いただす。

「おります。では、呼んで参りましょう！」

ちょっとして本人が現れた。部屋に入るなり孝和の前で跪き、手を畳につけ頭を下げて丁重に挨拶した。

「こんにちは！　息子の新七郎です。十六歳です。本日はよろしくお願いします」

はきはきと答えた。好印象を持った孝和は返答する。

「こんにちは。ゆっくり休んでいるところを呼びつけて申し訳ないな。このたびは関家への養子を快く引き受けてくれてありがとう。ところで、つかぬことを聞くが、新七郎殿は算術が好きかな？」

突然聞いた。

「今まで習ったことがないので分かりません」

と答えると、父松軒が横やりを入れた。

「新七郎がこのたび養子に入ることになる目の前におられる関孝和という人は、今まで話さなかったが、日本でも有数な算学者で凄い人なんだぞ。新七郎はそんな家に養子に入るんだから、これから相当勉強せねばならぬな。そのつもりで今から大いに頑張らなきゃあ駄目だぞ」

と脅すと同時に励ました。

「やったことがないのでどの程度頑張れるか分かりませんが、自分なりに一所懸命頑張ってみたいと思います」

「その頑張りを大いに期待しているからな。頼むぞ！」

と励まして辞去し、気を楽にしてわが家へ戻った。

それから大分経って荒木村英が孝和宅に突然訪れる。

荒木が元禄元（一六八八）年に南鍋町に算術指南として開塾すると、旗本の武士や富裕な商人たちの子弟などが習いに来るようになり、評判を博して盛況を極めていた。今は、荒木の弟子たちが塾の指導に当たり、彼らに算術指導を助言する立場にあった。

荒木が師と仰ぐ孝和が御納戸組頭になったのを耳にし、大分遅い訪問となったが、孝和の屋敷を訪れたのだった。祝い品として鯛一匹と酒一本を携えて孝和の前に差し出した。

「このたびの先生の幕臣への昇進おめでとうございます。それに加え、ここで、これまでの先生の私への算術の指導助言に感謝すると共に、改めて厚くお礼申し上げます。というのは、先生のお蔭で私が立ち上げた塾が順調に伸び今日に至っていることをじかにご報告できることを大変光栄に思っているからです」

と感謝の気持ちを素直に述べた。

荒木は師孝和への昇進のお祝いの言葉と同時に、自ら開塾した塾が繁栄していることを師の前で直接報告でき、その喜びを述べることができてほっとした。

「それは良かった！　開塾してそれだけ盛況を得たのも荒木殿の才覚によるところが大きいのは言うまでもない。本当におめでとう。そして、これからもこれに安堵することなく気を抜かず、さらに精進して塾をより一層発展させることを期待しておるぞ。さて、話は変わるが、荒木殿にお願いしたいことがある。それは、近々わしの養子となる新七郎という男がいるが、彼は今まで全く算術に関わったことがない。その彼を荒木殿の塾に入れて、一から算術を習わせ実力をつけさせると共に、算術に興味関心を持たせたいと思っている。そこで、貴殿に是非ご教授願いたいと思っているのだが、どうだろう?」

と問うた。それを聞き、荒木は断る理由もなく快く承諾した。

「もちろん、喜んでお引き受けいたします。私としても、これまでの先生からのご指導ご助言に対する恩返しができることを無上の喜びとするからです」

「それでは、彼にその旨を伝えておくので、行ったらご教授のほどよろしく頼む」

と伝え、荒木は帰っていった。

孝和は、それからしばらくして松軒の所へ行き、新七郎に荒木村英の算術塾に習いに行くよう伝えた。

新七郎は、算術がどういう学問であるか、習うことで新しいことを知り興味関心を示した。最初は問題が提示され、解いて答が合ったりすると満足し面白くなった。が、彼は賢いためすぐ理解するが、答が出ると満足してしまい、それを改めて確認したり応用したりするようなことはなかった。ところが、問題がさらに進んで難しくなってくると、何とか解決しようという粘り強さや集中力を欠くようになり、途中で諦めてやめてしまうところがあった。彼は性格が淡白なためか、さらに突き詰めて問題を解決しようというところがなかったのである。

新七郎は孝和の休みの日の午後、時折訪れた。その時は、孝和は荒木の算術塾に通って習った内容などについて報告を受ける。孝和は、それを通して彼がどんな性格でどんな人物であるかなどを見極めていた。孝和も言葉は少ないが、算術の力を早く伸ばし高めるため指導助言などをし、宿題として課題を与えるようなこともあった。が、彼はそれに応えることは少なかった。

新七郎を見ていると、物事をすぐ理解し賢く頭は悪くなさそうであるが、ただ性格はさっぱりしていて粘り強さや集中力などに欠け、すぐ諦めてしまうところが心配だった。つまり、彼が算術に対し興味関心を持って持続して取り組もうとする力が乏しいことを危惧したのである。少し期待を裏切られたところがあった。

そこでさらに、建部兄弟がたまに孝和宅に訪れた時、新七郎を紹介し、彼に算術に取り組むための姿勢などを側面から援助してもらった。興味関心を持たせようと意見してもらったのだが、効果はそれほどなかった。

そのため、自らの余命もそう長くないと感じている孝和は少し焦った。孝和の子ではないから親に似ていないのは仕方がない。といって、ここに来て養子を別の人に代えるというわけにはいかない。

そこで、孝和は、宝永三（一七〇六）年九月に、新七郎を養子にするための書類を認《したた》め、幕府に申請した。そして、それが認められ、翌十月一日に新七郎は綱吉に拝謁したのである。これにより、彼は正式に嫡子と認められた。

孝和も新七郎を嫡子に迎えて安心し、十一月四日、勤めを辞し、小普請入りとなった。彼が致仕《ちし》（退職・隠居）したのは没する二年ほど前のことである。

この小普請役というのは無役なので、あとは新七郎の成長を見守って家督を継がせればよいのである。ところが、孝和はその頃、目がかすみ、手足がしびれ、足腰も弱くなって、自らのその体調と相談しながら天文暦学の算学研究に打ち込む一方、新七郎に対しては荒木の算術塾に通わせる中、体調が良ければ時たまその報告を受け、指導助言することもあった。

ところが、この時分、大災害は元禄十六（一七〇三）の「元禄大地震」だけで終わらずに、四年後の宝永四（一七〇七）年十月四日から七日にかけても起こったのである。今度は東海から関西にかけてマグニチュード（M）は8・6という日本列島でこれまで歴史的に体験した地震で最大規模といわれる巨大地震が発生したのである。駿河から九州に及ぶ広い範囲で家屋が倒壊し、浜松・鳴門・四日市などの被害が甚大で、津波による被害では土佐が大きかったという。記録に残された死者も五千人〜二万人に及んだという。

さらにそれから四十九日後の十一月二十三日に、今度は富士山が大爆発を起こし、その時の噴火でできた山が「宝永山」である。この噴火の特徴は火砕流は小規模であったが、莫大な量の火山灰が噴出して、富士山麓の村落では多い所で八メートルにも及び、江戸でも数センチの火山灰が堆積したという。この日は関東地方一帯はもちろん、江戸でも降灰がひどく、空は黒雲が湧き起こりどんよりと暗く、その上、地面には雪が積もったような形で灰が積もり、孝和の屋敷でも行灯《あんどん》に火をともさねばならない状態であった。翌二十四日はいったんおさまったものの、二十五日からはまた空が暗くなり、雷鳴のような噴火音が響き、大地も何度も揺れ、夜になると砂礫《されき》の混じった黒い灰がひどく降ってきて、「この日、富士山が噴火して焼けたためだ」と伝わってきた。この噴火は十二月九日未明まで断続的に続いたのである。

孝和もこの天変地異の脅威に恐れおののき、これからどうなるか、と不安な毎日を過ごしていた。これにより、世間の人たちは咳に悩まされることになり、孝和も同様に咳き込む。また、この富士山噴火で江戸より駿府のほうがもっと降灰がひどく、甚大な被害を受けているはずだと思い、今度は関家からいつも世話になっている松本家へ見舞いを出す番だと思った。孝和は早速用人の久留に命じて新鮮な野菜を大量に買いあさらせた。それをすぐ荷造りして船便で松本家へ送った。新左衛門もこれを大変喜んで感謝し、半月ほどしてお礼の便りが関家に届いた。

宝永四（一七〇七）年の年の瀬、これまで各地で天災地変が怒り狂って起こって大変な被害を被っている中、孝和自身の身体も目や耳や手足、腰などいろんな箇所がおかしくなってきて、動かすのが次第に億劫になってくる。この体調不良は自分の意思とは関係なく、年はつくづく取りたくないなと思った。

時間は誰にも平等に与えられ経過していく中、宝永五（一七〇八）年の新しい年を迎える。新七郎を養子に迎えて三年目、孝和は用人の久留と下女のせつを交えて四人で正月をささやかに迎えて祝ったのだ。内心、新七郎が跡をしっかり受け継いで関家を盛り上げてくれることを願って、身内だけで正月を簡素に祝ったのである。

毎年、賢明と賢弘は正月の挨拶に孝和宅に訪れるが、この年は師匠が外見からもめっきり年を取って弱っている印象を受けて部屋には上がらず、玄関先で、

「あけましておめでとうございます。今年もご指導のほどよろしくお願いします。先生も健康に十分留意され、達者でよいお年をお過ごしください」

と月並みの挨拶をするだけで帰っていった。孝和の身体を気遣って彼に余計な負担をかけるのは失礼だと思って帰ったのである。

一方、荒木は新七郎に算術を教えていることもあり、正月の挨拶に訪れた際は上がって三人で話し合った。正月の通り一遍の挨拶の他に、孝和が荒木に新七郎の算術の力を早くつけるよう指導を依頼するが、息が切れて話をしていても大儀そうなので中

断し、ちょっと会話しただけで失礼した。

賢弘は、それからは多忙な御用の合間をぬって、孝和の体調を気遣いその状態を知るため、時折孝和宅に訪れた。そこでは、算学などの話は少なく、世間話などをしながら気を紛らわせ健康を気遣った。賢弘は、

「人はまず足から弱っていくので、身体を少しでも動かして寝込まないようにしてください。それに、一人にならずできるだけ他人と逢って話をするよう心がけてください」

と助言する。孝和も「相分かった」と素直に受け入れた。

兄賢明も『大成算経』の原稿・編集の進捗状況を報告するため、時たま孝和宅を訪れた。が、孝和からは、その完成には賢明に一任してあるので、報告をじっと聞くだけで特に口を差し挟むようなことはなかった。

人は致仕すると静かに隠れ住み、他人と逢う機会はめっきり減っていくが、ボケ防止のため他人とたまに逢って刺激を受けるのは心身の健康のためにはとても良い。

この年の四月（卯月）、新緑の目映《まばゆ》い陽気の休日の午前中、大分御無沙汰していた新井白石がひょっこり顔を出す。これには孝和も大変びっくりし、と同時に身体の背筋がピンと伸びた。老いた姿を見せるのは恥ずかしく、自然とそういう態度を取ったのである。それも無意識においてだ。かつての御用時における態度に戻ったから不思議である。

白石が言う。

「おはようございます。関先生！　大分御無沙汰してますが、お体の具合のほうはいかがですか？　体調があまりかんばしくないとお噂を聞き、どうかと思ってお見舞いに伺いました」

その時、持ってきた果物を孝和に差し出し、

「粗品ですが、これを食べて元気になってください」

と励ますと、

「わざわざお気遣いいただきありがとうございます。正直なことを申しますと、確かに最近年と共に身体の節々がおかしくなり、動かすのが次第に減っていき、横になっ

て休むことが多くなってきました」

「天文暦学など算学の研究のほうは進んでおりますか?」

「最近は、やっていても集中力や根気がなくなってすぐ諦めてやめてしまうことが多くなりました。それゆえ、歯がゆい思いをしながらほとんどやっていないも同然です」

「それは、先生にとってとても残念なことですね!」

「それはさておき、殿家宣公はお達者ですか? それに、白石殿の殿への経術の侍講のほうも進んでおりますか?」

「もちろんですよ。家宣公は病気一つせずお達者ですし、それに私の殿への進講のほうも順調に進んでおります」

「それなら、家宣公はいつ将軍になっても跡を継ぐことができ大丈夫ですね!」

「もちろんですよ。きっと今までの政策の不備を改善して万民によりよい暮らしができるよう腐心し、注力することと思います」

と告げると、孝和はこの時、自分の今の真情を正直に吐露した。

「私自身も長い間家宣公の下でご指導を賜り、そしてお世話になった殿ですから、早く将軍になることを実現させて、私の目の黒いうちにそのお姿を拝見したいものです」

「それはいつになるかは分かりかねますが、家宣公が早く将軍になり、その凛《りん》としたお姿が見られるといいですね」

話が弾み尽きない感じがした白石は、長居すると孝和の身体に差し障りがあると思い、区切りのいいところで、

「関先生、このたびは楽しい話をすることができ良かったです。また殿家宣公に私がお逢いした時には、先生のお身体のことなどについてお話ししたいと思います」

と言って関家宅を後にした。

それからは、孝和の心身が日一日と弱っていき、家を出ることも少なくなってその場にじっとしていることが多くなった。

十月二十四日の午前中、とうとう孝和の意識も薄れていき食べ物も受け付けず、新七郎・久留・せつの三人の身内に見守られ、幸福感に包まれた穏やかな顔をして息を

引き取った。苦しむことなく爽やかな死に顔だった。老衰で亡くなったのである。

その時、孝和の下で長い間苦楽を共にした久留とせつは、悲しみが込み上げてきて大粒の涙がとめどなく流れ出てとどまることがなかった。一方、喪主である新七郎のほうはそれに引き換え、養子に入ってまだ日が浅く孝和との関係も薄く、しかも人生経験が浅いためか割合あっけらかんとしたところがあった。

孝和自身が亡くなった時、親兄弟や血を分けた者も近くにいなかったため、賢明・賢弘兄弟など孝和の身の回りのごく限られた親しい少ない人数だけで葬儀が質素に執り行われた。彼が今まで歩んできた派手さのない簡素な人生そのままを彷彿《ほうふつ》させる葬儀であった。

そして孝和は、夭折《ようせつ》した二人の娘が眠る牛込七軒寺町浄輪寺にひっそりと葬られた。享年七十。法名《ほうみょう》は「法行院宗達日心」という。

＊

関孝和の生涯はここで閉じるが、彼の死後、関家のその後について書き記しておきたい。

孝和は、宝永五（一七〇八）年十月二十四日、老衰で亡くなった。そこで、養子となった新七郎が同年十二月二十九日にその跡を継ぎ、関家の当主になった。跡目二百俵、小普請大久保淡路守組に配属された。

それから時代は大分下るが、新七郎は、享保九（一七二四）年八月十三日に甲府勤番の任に就いた。この甲府勤番というのは、その二日前の八月十一日に創設されたばかりのものだった。これは、甲府勤番組頭のもと小普請の士二百人、医員四人、その他与力二十人、同心五十人から構成された組織である。甲府勤番というのは、甲府城を守護する任に当たる者たちだ。彼らは、言葉は悪いが、江戸を離れた山間地での勤務ゆえ、一般には敬遠される役務だった。従って、役に就いた者は、幕臣の御家人の非役であった者の小普請組や素行のあまり芳《かんば》しくない武士たちが派遣された向きがあって、甲府勝手とか山流しと呼ばれた。だから、もしかすると、新七郎も甲府勤番に回されるようなあるいは問題傾向のある幕臣の一人であったのかも知れない。

新七郎の禄高は初め二百俵であったが、甲府勤番に赴任した頃は三百俵取りになっていた。つまり、養父孝和の最終禄高と同禄になっていた。そして、甲府勤番に配属された者たちは、もちろん甲府城下に居住していた。関新七郎は甲府郭外《かくがい》の百石町に居を構えた。百石町というのは、甲府城西南の二の濠《ほり》の西に隣接する一帯で、その一部に住んでいた（現在この地は、甲府市丸の内地区に当たっていて、甲府市の中心街になっている）。

事件が起きたのは、それから十年後の享保十九（一七三四）年十二月二十四日夜のことだった。その日の夜は大雨が降っていて、賊が甲府城に侵入し、金庫が襲われた。その時、甲金（甲州金の略）一〇二九両三分、小判三九三両二分が盗み取られた。この事件は、甲府勤番の警備を嘲《あざ》笑うかのような一大事件で、甲府城金庫盗難事件と言われる。

その時の甲府勤番支配は、宮崎若狭守成久だった。彼は享保十三（一七二八）年一月十一日に甲府勤番に拝命され、それから七年弱勤めていた。丁度その時、つまり享保十九（一七三四）年十月に、建部賢弘の従兄弟で甲府藩用人の建部広昌の子、建部民部少輔廣充が甲府勤番支配になったのである。そして同年十二月に、その建部廣充が甲府勤番支配として赴任し、その着任直後の十二月二十四日に、この甲府城金庫盗難事件が発生したのだ。

幕府はこの事件の重大さに鑑み、翌享保二十（一七三五）年一月、江戸表《おもて》から勘定奉行松波筑後守正春と御目付松前主馬廣隆を派遣してその糾明に乗り出した。現場の検視の結果、愛宕町口門傍の柵はやぶられ、金庫の程近い所までの塀をも壊されていて、その上、人が通ったという跡も見られた。これにより、盗賊の侵入を未然に防げなかったことで、これは明らかに平常警衛の怠り、不首尾によるものだと分かったのである。しかし、一箇月余り取り調べたものの、肝心の犯人をあげることはできなかった。

ただ、この勤番たちの監督不行き届きの廉《かど》で甲府勤番支配の宮崎成久の職を剥《は》がし寄合となった。もう一人の同職の勤番支配であった建部民部少輔廣充のほうも連座しているが、勤務に就いてまだ日が浅いということもあって、口頭による厳重注意だけの軽い処分で終わり事なきを得たのだ。辛《かろ》うじて難を免れたわけである。

ところが、この金庫盗難事件の探索は、同年三月に入ると、新たな展開を見せたのだ。それは、事件当日の勤番体制が問題になったからである。そのため、探索は勤番の面々の尋問へと移っていった。そこで、勤番の面々は勤番支配に引き渡されることになった。つまり翌閏三月に、甲府城下で事件当日の当直に当たっていた関新七郎らの面々に捜査の手が伸びていったのだ。新七郎は、事件当日は当直だったので尋問を受けるのは当然であった。

そこで、新七郎は甲府勤番支配の建部廣充の取り調べを受ける。新七郎は、藩士の身分なので板縁に座った。

廣充は尋問した。まず、甲府城金庫盗難当日の新七郎の勤務状況を聞く。

「当日は貴殿は当直だったが、それに間違いないか？」

「はい、間違いありません」

「当日の夜は雨だったが、貴殿は事件があったことに気が付かなかったのか？」

「…………」

新七郎は黙っている。

「当直は自分の勤務場所に勤めていたなら、賊が入れば気付くはずではないのか？」

「………」

それでも沈黙して応えない。

廣充はしばらく間を置いて尋問する。

「……漏れ聞くところによれば、新七郎は当直の勤務場所にいなかったというではないか。それは事実か？」

「………」

さらに沈黙が続く。

新七郎が一向に応えないので、廣充も業を煮やして声を荒らげて言った。

「新七郎、黙ってないで、当日の自分の勤務状況を思い出して正直に応えよ！　新七郎！　正直に言ったらどうだ！」

新七郎もしばらく時間が経ってから、もはやこれまでと観念したのか、低声《こごえ》でやおらぼそぼそと重たい口を開いた。それに歯切れもよくなかった。

「実は、当直はなまけて仲間と博奕《ばくち》をしていました」

その日の当直の様子をやっと正直に述べた。つまり、当直をなまけた事実を認めたのだ。

これを聞いた廣充は怒り心頭に発したのか、さらに声を荒らげて大声で一気に捲《まく》し立てた。

「勤務をなまけて博奕をしていたのか。新七郎らは、そんないい加減な勤務態度だったのか。大体、勤務怠慢も甚だしい。そんな心根が腐っていたからこんな大事件を起こしたのだ。本当に開いた口が塞がらないほど惨めで恥ずかしい行為なのだ。言い換えれば、新七郎らの取った行為というのは、まさに取り返しのつかない大罪に値する失態なのだ。ではその時、誰と博奕をしていたのだ。その仲間の名前を言いなさい」

新七郎は言い渋ってまた黙っている。

すると、廣充は再び畳み掛けてさらに鋭く質問する。

「新七郎が言わなくても、これから勤番の面々を吟味すれば、自《おの》ずと分かってくるのだぞ。隠しても分かるのだから、今のうちに正直に白状しなさい」

そこで、新七郎も仕方なく、思い出しながらやおら言い始める。

「甲府勤番の原田藤十郎殿、永井権十郎殿、八木三郎四郎殿、依田源太郎殿、富士巻四郎殿と私の六人です」

「よくぞ言った！　では新七郎！　この際、ここで何か言っておきたいことがあるなら、何なりと申せ」

「……特にございません」

「相分かった。それでは、今日の吟味はこれで終わりとする」

さらに、その不祥事の付けは追手門当番であった与力・同心などの勤番の面々にも回ってきて、彼らは江戸表で吟味された。

一方、引き渡された新七郎らは、勤務怠慢による単なる博奕行為の検挙であったものが、その三箇月後の六月に、思わぬ方向へ事態は展開した。同年六月十八日、博奕を理由に関新七郎以下六人の番士がさらに取り調べを受け、彼らもこの事件に関与している疑いが強まってきたといって、揚屋《あがりや》入りを命ぜられ、そして詮議が始まったのだ。吟味は六月十八日～八月五日まで継続された。

『徳川実紀』によれば、新七郎らの追放を〝これは博奕の罪によりてなり〟と強調しているが、真相は、甲府勤番の職務怠慢が第一の理由であったはずである。ところが、そこにさらに甲金千両余に及ぶ金庫盗難事件に託した綱紀粛正のための処分ではなかったかと考えられているのだ。

その結果、八月五日、郭内で博奕に関わった六人の勤番の面々に処分がくだされ、最終的に「御仕置」が申し渡された。この「御仕置」によって関新七郎は追放刑の中で最も重い「重追放」を言い渡されたのだ。御目付松前廣隆によってである。

さらに、その刑の執行は速やかに行われた。同年十月十三日の記事には、追放刑に処せられた者の土地屋敷の収公（闕所《けっしょ》といい、江戸時代の刑罰の一つ。磔《はりつけ》・火刑・死刑・遠島・追放などの付加刑として庶民から地所・財産を官に没収したこと）及び没収された家財を売り払った代金が代官宛てに納められたと明記されている。このことから、関新七郎の家財だけでなく、その他、恐らく養父関孝和の遺品もあったのではないかと考えられ、とにかく、それら一切合財が売却されてしまったのだ。その上、大変残念なことだが、重追放後の新七郎の行方は全く分かっていないことである。

ここで、ちょっと脇道にそれるが、関新七郎が関与した博奕に関して関係者を処断した責任者について記してみよう。

その刑を申し渡した人物は、口頭による厳重注意だけで事なきを得た甲府勤番支配の建部民部少輔廣充なのである。彼は誰あろう賢弘の従兄弟、つまり元禄年間に刃《にん》傷《じょう》事件で落命した甲府藩用人の建部三左衛門広昌の子なのである。この関家断絶に当たり法的に断を下したのが、この建部一族の一員であったというのは、偶然だったにせよ、複雑な思いがすると共に何か皮肉な運命すら感じざるを得ないのである。つまり、関家と建部家とがこのような形で関わりを持ったというのは不思議な因縁すら感じるからだ。さらに、この事件は八代将軍吉宗の時代に起こり、しかも賢弘はその吉宗に天体暦理をもって仕え信頼を得ていたにもかかわらず、この件に関して何一つ言葉を残していないのは、なおさら驚きであり、と同時に不思議な感じすら覚える。ことほど左様に人間関係というのは、どこでどうつながっているか分からず、不思議としか言いようがなく、まさに「人生一寸先は闇」だということが分かるのである。

ちなみにこの甲府城金庫盗難事件は、発生してから凡そ八年後になって解決している。

高畑村の百姓次郎兵衛は捜索の網にかかっていたものの、八年後の寛保二（一七四二）年五月十三日になってついに〝白状〟し、一件落着したのだ。彼は最後、同年六月十八日、町中を引き回され、磔《はりつけ》刑に処せられて一応の決着を見たのだった。

この時、賢弘は既に亡くなっていてこの世にいないため、この事件を最後まで見届けることはできなかった。一方、新七郎のほうは生存の有無が分からないため、自らがこの事件の最後をしっかりと見届けられたかは不明である。が、もし生きていたなら、最後の決着を見て真犯人は自分ではなかったと知って、いくらかほっとした部分もあったのではないかと想像したりするのだ。とはいえ、しかしながら、いずれにしても、この関新七郎の不祥事により、「御家第二」のこの世にあって孝和が築いてきた関家という日本数学史上、最も有名な家系が断絶してしまい、あの世できっと返す返す残念で無念な想いをしているに違いないと思ったりしている。

参考文献

この本を書くに当たり、参考にさせて頂いた本を掲げます。これらの著作に多くの御教示を得ましたので、その著者各位に深甚の謝意を表す次第であります。

鳴海風『算聖伝――関孝和の生涯』新人物往来社（二〇〇〇年）
平山諦『関孝和』恒星社（一九九三年）
平山諦『和算の誕生』恒星社厚生閣（二〇〇一年）
下平和夫『関孝和』研成社（二〇〇六年）
竹之内脩『関孝和の数学』共立出版（二〇〇八年）
佐藤健一『新・和算入門』研成社（二〇〇四年）
佐藤健一ほか『江戸の寺子屋入門』研成社（二〇〇〇年）
八幡和郎・臼井喜法『江戸三〇〇年「普通の武士」はこう生きた』ベスト新書（二〇〇五年）
竹内誠・市川寛明『一目でわかる江戸時代』小学館（二〇〇五年）
杉浦日向子『一日江戸人』新潮文庫（二〇〇五年）
小林弦彦『旧暦はくらしの羅針盤』ＮＨＫ出版（生活人新書）（二〇〇五年）

内藤昌・穂積和夫『江戸の町（上）』草思社（一九八二年）
浜野生太郎『タイムカプセル江戸』リバティ書房（一九九〇年）
鈴木武雄『和算の成立―その光と陰―』恒星社厚生閣（二〇〇四年）
佐藤賢一『近世日本数学史―関孝和の実像を求めて』東京大学出版会（二〇〇五年）
冲方丁『天地明察』角川書店（二〇一〇年）
鈴木武雄『暦算家建部賢弘の Family History』数学教育研究第45号2016別冊
大阪教育大学数学教室
宮崎道生『新井白石』吉川弘文館（一九八五年）
小林龍彦『学校数学研究 VOL.12 No.2』学校数学研究会鳴門教育大学（二〇〇四年秋）
山本育『紀伊國屋文左衛門の生涯』マネジメント社（一九九六年）
ケイト・W・ナカイ／平石直昭訳・小島康敬訳・黒住真訳『新井白石の政治戦略』
東京大学出版会（二〇〇一年）
中江克己『徳川将軍百話』河出書房新社（一九九八年）
村井淳志『勘定奉行 荻原重秀の生涯』集英社新書（二〇〇七年）

著者プロフィール

心身 進化（こころみ しんか）

本名：村沢 紘

1942（昭和17）年、台湾高雄州旗山《きざん》に生まれる。

1965（昭和40）年、東京理科大学理学部化学科卒業。

民間会社に勤務後、東京都公立中学校教諭に奉職し、最後は校長で定年退職する。

著書に『東洋道徳　西洋芸術―佐久間象山の生涯』（2004年）『人生に曙光がさす―人生に挑む若者に向けて―』（2012年）『和算の道を切り拓いた男　和算の大家 関孝和の生涯 ――生い立ちと旅立ちの記』（2013年　すべて日本文学館刊）、『和算の道を切り拓いた男　和算の大家 関孝和の生涯 ――学問修業と仕官の道への記』（2015年　文芸社刊）『和算の道を切り拓いた男　和算の大家 関孝和の生涯 ――「発微算法」の刊行と妻を娶るの記』（2016年文芸社刊）がある。

趣味は囲碁、水墨画、読書、旅行など。

和算の道を切り拓いた男

和算の大家 関孝和の生涯

――算学研究の成果をまとめ幕臣となるの記

2020年 4 月15日　初版第 1 刷発行

著　者　心身 進化

発行者　瓜谷 綱延

発行所　株式会社文芸社

〒160-0022 東京都新宿区新宿1－10－1

電話 03-5369-3060（代表）

03-5369-2299（販売）

印刷所　株式会社暁印刷

ISBN978-4-286-21483-2